1F/B1

일층, 지하 일층

물었다.

"야, 주제파, 악이냐, 학이냐?"

"학이겠지. 배울 학."

"응, 나도 그럴 줄 알았어. 이 새끼가 유명하다고 주제파학이
안 되는구나. 형아들이 누군지 알아? 궁흉공고 십장생들이야. 못
들어봤어?"

"못 들어봤습니다. 뗏목에서 내려오십시오."

"이런 하마 같은 새끼. 생긴 것처럼 미련하네. 우리는 너무 피
곤해서 직접 못 내려가겠으니까 네가 좀 내려가게 해줘봐."

하마까는 밧줄 쪽으로 성큼성큼 걸어갔다. 밧줄 옆에 있던 다
섯 명이 모두 피했다. 하마까는 가방을 벗어서 아무렇게나 던져
놓은 다음 밧줄을 붙들고 뗏목을 끌어당겼다. 뗏목이 끌려왔다.

"이 개새끼 뭐야. 완전 천하장사네. 줄다리기 해보자, 이거지.
야, 당겨, 당겨, 하나 둘, 하나 둘."

뗏목 위에 있던 다섯 명도 힘껏 줄을 당겼지만 흔들리는 뗏목
위에서 하마까를 이길 수는 없었다. 뗏목은 백사장 쪽으로 끌려
오고 있었다.

"야, 줄 놔."

십장생 대장이 신호를 내리자 나머지 네 명이 밧줄을 놓았고,
하마까는 뒤로 나자빠졌다. 뗏목은 천천의 하류로 천천히 흘러

갔다. 뗏목 위에 있던 아이들은 뗏목이 움직이자 당황하기 시작했다.

"야, 쫄 거 없어. 앉아서 중심 잡아."

십장생 대장은 간결하게 명령했고, 아이들은 모두 뗏목에 앉았다. 뗏목은 계속 흘러갔고, 백사장에 있던 다섯 명은 하마까를 피해 달아났다. 자신들의 대장이 뗏목에 탄 채 하류로 떠내려가고 있으니 굳이 하마까를 붙들고 싸울 필요는 없었다. 하마까는 어떻게 해야 할지 몰랐다. 물에 뛰어들어서 뗏목을 붙잡을 수는 없었다. 하마까는 뗏목을 따라 백사장을 뛰었다. 뗏목은 냇가 중심부로 움직였다.

"야, 하마까, 달리기도 잘하네. 들어와서 잡아봐. 하마면 수영도 잘하는 거 아니냐?"

무리의 대장이 소리를 지르면서 웃었다. 백사장이 끝나고 있었다. 하마까는 천천을 향해 뛰어들고 싶었지만 수영을 해서 뗏목을 붙잡을 자신이 없었다. 백사장 끝에서 하마까는 주저앉았다. 뗏목은 평온하게 하류로 흘러가고 있었다. 아이들의 웃음소리가 물결에 반사되어 하마까의 귓가로 들려왔다.

하마까는 도로로 올라가 뗏목을 계속 쫓아가야 할지 통나무 김씨를 찾아야 할지 마음을 정하기 힘들었다. 뗏목은 눈앞에서 점점 멀어지고 있었다. 하마까는 통나무 김씨가 자주 쉬는 천천교 아래로 가보았다. 녹이 슨 빈 깡통과 지저분한 비닐봉지 같은 오래된 쓰레기만 널브러져 있을 뿐이었다. 사람이 있었넌 온기는 없었다. 하마까는 길게 뻗은 백사장을 거슬러올라가며 통나무 김씨의 흔적을 찾아보았다. 천천에는 아무도 없었다. 백사장이 시작되는 곳까지 걸어갔지만 통나무 김씨는 없었다. 통나무 김씨가 돌아오지 않은 것이라면, 빨리 뗏목을 되찾아야 한다. 하마까는 백사장이 시작되는 곳에서 다시 백사장이 끝나는 곳까지 오백 미터쯤을 걸어내려갔다.

하마까는 둑 위로 올라간 다음 천천 옆으로 난 도로를 힘없이 걸었다. 시선은 천천의 물결에 고정시킨 채 뗏목의 흔적을 쫓았지만 머릿속 생각은 하나로 고정할 수 없었다. 통나무 김씨는 철사를 구하러 갔다가 돌아오지 않은 것인지, 돌아왔다가 다른 볼일을 보러 간 것인지, 완전히 천천을 떠나버린 것인지, 다른 일에 휘말린 것인지, 알 수 없었다. 하마까는 답을 알 수 없는 게 오히려 낫다는 생각이 들었다. 답을 알 수 없으니 걸을 힘이라도 있었다. 날이 어둑어둑해지고 있었지만 하마까는 계속 걸었다.

날이 거의 저물었을 때 하마까는 천천철교 아래쪽의 작은 백사장에 뭔가 널브러져 있는 걸 발견했다. 그 아래로 내려갈 수 있는 계단은 없었다. 하마까는 둑에서 뛰어내리려 해보았지만 엄두가 나지 않았다. 이 미터가 넘어 보였다. 하마까는 둑에 매달렸다.

까끌까끌한 시멘트가 얼굴과 팔을 긁었다. 하마까는 손을 놓았다. 편평하지 않은 바닥 때문에 바닥으로 굴렀고, 자갈이 쌓인 쪽으로 어깨를 부딪쳤다. 어두워서 고통이 덜한 것 같기도 했고, 어두워서 더 깊은 곳까지 아픈 것 같기도 했다.

하마까는 백사장 쪽으로 가서 뗏목을 확인했다. 뗏목은 완전히 분해돼 있었다. 통나무를 엮어두었던 철사와 노끈이 풀려 있었다. 아이들이 푼 것인지, 자연스럽게 풀린 것인지 알 수 없었다. 어두워서 고리들이 보이지 않았다. 하마까는 통나무를 한곳에 모으다 나무상자를 발견했다. 나무상자는 날카로운 조각들로 박살이 나 있었다. 누군가 부순 게 분명했다. 나무상자에 들어 있던 물건들, 치약, 칫솔, 푸른색의 작은 유리병, 포장을 뜯지 않은 비누, 물에 젖은 잡지, 배지, 신발주머니, 운동화 한 짝, 초코파이, 장갑, 담배 한 갑이 백사장 곳곳에 흩어져 있었다. 하마까는 검은색 비닐봉지에다 물건들을 담았다. 비닐봉지가 금세 불룩해졌다.

하마까는 비닐봉지 끝을 묶은 다음 허리띠에다 매달았다. 어둠 속에서 비닐봉지는 하마까의 두번째 엉덩이처럼 보였다. 하마까는 통나무들을 한곳에 모두 모은 다음 노끈으로 통나무들을 한데 묶기 시작했다. 어두워서 제대로 묶는 게 불가능했다. 노끈은 턱도 없이 짧았다. 고리가 제대로 보이지 않았다. 물에 젖은 통나무는 무겁고 축축해서 죽은 물짐승을 부축하는 것처럼 힘겨웠다.

죽었던 통나무가 갑자기 살아나서 하마까의 손을 물어뜯을 것 같았다. 하마까는 통나무들을 보았다. 통나무는 계속 미끄러져 떨어졌지만 히미까는 포기하지 않았다. 가싸스로 통나무를 다 모았지만 이 미터나 되는 둑 위로 통나무를 올리는 것도 문제였다.

하마까는 통나무 묶은 끈을 둑 위로 먼저 올렸다. 돌무덤과 턱을 밟고 겨우 둑으로 올라선 다음 통나무를 끌어올렸다. 통나무는 저희들끼리 부딪치고 엉켜서 쉽게 올라오지 않았다. 하마까는 뒤로 물러서면서 있는 힘껏 끈을 당겼다. 통나무를 끌어올리는 데 삼십 분이 넘게 걸렸다. 통나무 몇 개가 둑 아래로 떨어졌지만 다시 내려가서 가져오긴 힘들었다. 건져올린 통나무는 모두 열 개였다. 하마까는 비닐봉지를 풀어서 장갑과 초코파이 하나를 꺼냈다. 장갑은 젖어서 축축했다. 통나무를 끌고 가려면 맨손보다는 장갑을 끼는 게 나을 것 같았다. 통나무의 끝을 잘 맞추어 쌓은 다음 하마까는 초코파이를 뜯어서 먹었다. 하마까는 초코파이를 모두 삼킨 다음 통나무 끝을 어깨에 지고 걷기 시작했다. 도로에는 자동차가 없었다. 사람들은 천천 옆 도로를 이용하지 않았다. 열 개의 통나무의 한쪽 끝은 어깨에 메고 반대쪽은 바닥에 끌고, 하마까는 어둠 속을 계속 걸었다. 망가진 가로등이 많았고, 성한 가로등도 밝진 않았다. 통나무가 도로에 끌리는 소리는 죽기 직전 마지막 숨을 고르는 동물의 신음소리처럼 구슬펐다. 걷다가 잠시 쉬고, 다시 걸었다. 통나무 하나가 어깨에서 떨어지면 다시 주워 얹느라 시간이 걸렸다. 시간이 궁금했지만 어디에도 시계는 없었다. 하마까는 무작정 계속 걸었다.

하마까는 천천교 백사장에 사람들이 몰려 있는 걸 멀리서 보았다. 경찰차의 불빛도 보였다. 통나무를 끌고 얼마나 걸었는지, 팔에 감각이 없었다. 통나무의 물기는 마르고 있었지만 하마까의 몸은 점점 축축해졌다. 통나무를 집어던지고 백사장을 향해 뛰어가고 싶었지만, 통나무는 하마까의 몸에 달라붙어서 떨어질 줄 몰랐다. 하마까가 백사장 가까이 도착하자 누군가 소리를 질렀다.

"저기 있다!"

사람들이 모두 하마까를 보았다. 하마까는 통나무 열 개를 어깨에서 내려놓고 차곡차곡 쌓았다. 무리 속에서 한 여자가 뛰어나와 하마까의 등을 내려쳤다. 여자는 하마까의 가방을 메고 있었다. 하마까의 어머니였다.

"어디 갔었어, 이놈아."

"저 말입니까?"

"어딜 가면 간다고 말을 해야지, 이게 뭐야, 왜, 가방은, 여기다 벗어던져놓고……"

어머니는 말을 하면서도 계속 하마까의 등을 내려쳤다. 어머니가 메고 있는 가방 속에서 내용물이 절버덕거리는 소리가 들렸다.

"뗏목이 떠내려가서…… 뗏목이 필요합니다."

"네가 뗏목이 뭐가 필요해, 이놈아."

사람들이 하마까와 하마까의 어머니를 멀찌감치 둘러싸고 수군거렸다. 하마까라는 별명이 들리기도 했고, "엄마인가봐"라는 소리가 들리기도 했다.

"통나무 김씨는 어디 갔습니까?"

"어른한테 통나무 김씨가 뭐야, 이놈아. 빨리 집에 가자. 빨리 경찰 아저씨들한테 죄송하다고 하고, 인사드리고, 집에 가자."

"통나무 김씨는 안 왔습니까?"

"통나무 김씨고 이씨고, 빨리 인사드리고 가자니까."

하마까의 어머니는 하마까를 끌었다. 팔에 힘을 주고 있는 하마까가 끌려갈 리 없었다. 하마까는 백사장을 내려보았다. 백사장에는 경찰 두 명이 플래시를 들고 하마까와 하마까의 어머니를 올려다보고 있었다. 통나무 김씨는 보이지 않았다. 하마까의 어머니는 백사장의 경찰을 향해 인사를 하면서 뭔가 얘기를 했지만, 하마까의 귀에는 아무런 소리도 들리지 않았다. 사람들의 말소리도, 경찰들이 하마까와 하마까의 어머니를 향해 소리치며 하는 이야기도, 사람들이 수군대는 소리도, 들리지 않았다. 하마까의 귀에는 천천의 물소리만 또렷하게 들렸다. 천 겹의 물소리가 뒤엉켜 있었다. 그 속에는 하마까와 통나무 김씨의 말소리도 있을지 몰랐다. 오래전에 했던 이야기들이 이제야 물결에 스며들어 소리를 내고 있을지도 몰랐다. 하마까의 귀에 들리는 물소리는 점점 커졌다. 폭포 소리보다 더 커다란 소리로 변했다. 천 겹 만 겹의 소리가 한꺼번에 밀려들었다. 하마까는 두 손으로 귀를 감싸고 그 자리에 주저앉았다.

하마까는 그날 밤부터 이틀을 내리 앓았다. 식은땀을 흘렸고 헛소리를 했다. 통나무 김씨를 찾기도 했다. 하마까가 어떤 꿈을 꾸는지 무엇을 보고 있는지 어머니는 알 길이 없었다. 사흘째 되는 날, 정신을 차린 하마까는 멍하니 창밖만 바라봤다. 비가 거세게 내리고 있었다. 죽을 먹고 나서도 계속 창밖만 바라봤다. 어머니의 질문에, 아무런 대답을 하지 않았다.

다음날 아침, 어머니는 더 쉬라고 했지만 하마까는 가방을 챙겨 나섰다. "괜찮습니다. 어머니"라는 하마까의 목소리를 듣고 어머니는 안심했다. 비는 그쳐 있었고, 하마까의 목소리는 평소와 다름없었다. 하마까는 학교로 가지 않았다. 버스를 타고 천천으로 향했다.

통나무는 그대로 있었다. 백사장 둑 위에 열 개의 통나무가 가지런하게 놓여 있었다. 통나무 옆에는 하마까가 허리춤에 차고 있던 비닐봉지가 놓여 있었다. 하마까는 통나무를 하나씩 백사장으로 던졌다. 통나무는 말랐지만 여전히 묵직했다. 하마까는 백사장으로 내려가서 얼 개의 통나무를 줄 맞춰 늘어놓았다. 멀리서는 뗏목처럼 보였다. 뗏목 위에다 비닐봉지에 들어 있던 물건들을 하나씩 얹었다. 뗏목을 이끌어주던 밧줄은 한쪽 구석에 똬리처럼 차곡차곡 말려 있었다. 하마까는 백사장을 둘러보지 않았다. 찾아보지 않아도 통나무 김씨가 없다는 걸 알 수 있었다. 하마까는 버스를 타고 긍휼고등학교로 향했다. 가서 뭘 어떻게 해야겠다는 생각은 없었다. 하마까는 버스 의자에 앉아 가방에 붙어 있던 자비고등학교 배지를 뽑아서 주머니에 넣었다.

긍휼고 교문은 열려 있었고, 학교 운동장은 텅 비어 있었다. 운동장 단상에 붙어 있는 커다란 시계가 열시 십오분을 가리키고 있었다. 하마까는 3학년 교실을 찾기 위해 얼굴을 높이 들고 건물을 헤맸다. 3학년 교실은 별관 1층에 있었다. 1층에는 3학년 1반부터 4반까지, 모두 네 개의 교실이 있었다. 하마까는 복도 유리창으로 안을 들여다봤다. 선생은 보이지 않았다. 1반에도, 2반에도, 3반에도 선생은 있었지만 자습시간이었기 때문에 하마까의 눈에 보이지 않았다. 3학년 3반에서 며칠 전에 보았던 얼굴을 찾아냈다. 맨 뒤에 앉아서 옆자리에 있는 아이와 이야기를 하고 있었다. 하마까는 교실 뒷문을 열었다. 여닫이문의 레일을 반질반질하게 닦아놓아서 문이 빠른 속도로 열리며 문틀에 부딪쳐 쿵 소리를 냈다.

"야, 너 뭐야?"

칠판 앞에서 자습을 지도하던 선생이 소리를 질렀다. 하마까는 뜻밖의 소리에 놀랐다.

"저 말입니까?"

"저 새끼가 장난치나. 지각했으면 앞문으로 조용히 기어들어와서 '선생님 죄송합니다' 인사를 해야 할 거 아냐, 인마."

"쟤 우리 반 아닌데요."

맨 앞자리에 앉아 있던 아이가 선생에게 말했다.

"이 반 아니야? 그럼 뭐하는 새끼야?"

"저 사람한테 물어볼 게 있어서 왔습니다."

하마까는 맨 뒷자리에 앉은 십장생 대장과 눈이 마주쳤다. 십장생 대장이 피식 웃었다.

"이 새끼 봐라. 묻긴 뭘 물어, 인마. 궁금하고 모르는 게 있거든 여기 선생님한테 물어봐라. 너, 유도부냐?"

"쟤 우리 학교 아닌데요, 선생님. 하마깝니다, 하마까."

교실 중간에서 누군가 소리를 질렀다.

"하마까? 하마까가 뭐야."

"별명이요."

선생이 학생에게 별명의 의미를 물어보려고 한눈을 파는 사이,

하마까는 십장생 대장에게 성큼성큼 걸어갔다. 하마까는 자신의 마음에서 부글거리는 감정이 무엇인지 알 수 없었다. 분노는 아니었다. 분노라고 하기에는 마음이 흔들리지 않았다. 마음은 끓기만 했다. 알 수 없는 감정이 제자리에서 들썩거리고 있었다. 십장생 대장이 놀라며 몸을 뒤로 젖히자 하마까가 책상을 잡았다.

"으아아……"

하마까는 소리를 지르며 책상을 번쩍 든 다음 창문을 향해 집어던졌다. 물이 든 유리잔 백 개를 한꺼번에 벽에 던진 것 같은 소리가 났고, 모두들 뒤를 돌아봤다.

"야, 저 새끼 잡아."

선생이 소리를 질렀다. 아이들은 움직이지 않았다. 십장생 대장이 벌떡 일어나 주먹으로 하마까의 얼굴을 쳤다. 하마까는 꿈쩍도 하지 않고, 책상 하나를 더 들어서 창문을 향해 집어던졌다. 십장생 대장은 주먹을 움켜쥐고 뒤로 물러났다. 하마까는 이번엔 의자 하나를 들어서 똑같은 곳으로 집어던졌다. 창틀에 남아 있던 유리 조각이 의자에 맞고 깨졌다. 십장생 대장이 이번에는 발차기로 하마까의 등을 공격했지만 오히려 자신이 미끄러지고 말았다. 하마까는 의자를 다시 집어들었다. 이번에는 던지지 않았다. 하마까는 의자를 내려놓고 한숨을 쉬었다.

하마까는 돌아서서 뒷문을 향해 걸었다. 하마까를 막아설 수 있는 사람은 없었다. 선생도 그냥 지켜볼 뿐이었다. 하마까가 뒷문을 나섰을 때는 유리창 깨지는 소리를 듣고 수많은 학생들이 복도에 나와 있었다.

"잡아."

십장생 대장이 소리지르자 스무 명은 됨 직한 아이들이 하마까를 둘러쌌다. 하마까는 망설임 없이 계속 걸었다. 때리면 맞고, 앞을 가로막으면 밀어냈다. 누군가 뒤에서 하마까의 가방을 잡아당기자 하마까는 바로 벗어던졌다. 입고 있던 티셔츠가 찢어졌고, 허리띠가 풀어졌다. 별관 건물을 벗어났을 때, 햇빛 가득한 공터로 나갔을 때, 갑자기 하마까가 울음을 터뜨렸다. 하마까를 둘러싼 아이들이 멈칫했다. 하마까의 코에서는 피가 흘렀고, 옷은 찢어져 목 주변만 너덜거리는 상태로 남아 있었다. 하마까는 서럽게 울었다. 눈물을 닦을 생각도 하지 않고, 울면서 계속 걸었다. 맞은 게 아파서 우는 게 아니었다. 그 울음은 버림받은 아이의 울음이었다. 하마까는 울면서 계속 걸었고, 아무도 뒤를 따라가지 않았다. 하마까가 교문을 벗어날 때까지 아이들은 눈을 떼지 못했다. 가을 하늘이 너무 높아서 하마까가 유난히 작아 보였다.

많은 것이 변했지만 가을 하늘만큼은 이십 년 동안 변하지 않았다. 하마까의 머리 위로 펼쳐졌던 그 하늘은 이십 년 후 지종해와 천경필의 머리 위에 똑같은 모습으로 나타났다. 지종해는 천경필의 차를 얻어타고 총동창회에 참석하기 위해 천천교를 지나가고 있었다.

"야, 여기 차 잠깐만 세워봐라."

지종해가 갑자기 소리를 질렀다.

"또, 왜? 늦었어."

천경필이 자동차의 속도를 줄이며 말했다.

"늦긴 뭘 늦어. 빨리 가봐야 좋은 거 뭐 있어, 돈이나 뜯기겠지."

"동창회비 얼마나 한다고, 엄살은…… 여긴 왜?"

"야, 형님이 작품의 완성도를 위해서 헌팅 좀 하시겠다는데 뭔 말이 그렇게 많냐. 여기 천천이 고등학교 시절 우리들의 플레이그라운드 아니었냐."

"맨날 엎어지는 주제에 예술은 혼자 다 하지. 작품의 완성도를 높이지 말고 작품을 완성하란 말야."

"천경필 많이 컸어. 옛날에는 찍소리도 못 하더니."

"많이 컸지. 자동차 없는 유명 영화감독님 모셔다드리는 영광도 누려보고……"

천경필은 천천교가 끝나는 곳에 자동차를 세웠다. 조금 낡긴 했지만 천천교 역시 이십 년 동안 변한 게 없었다. 지종해는 내려서 천천교를 걸었다.

"여긴 다 뭐냐? 완전 공사판이네?"

지종해가 천천을 가리키며 말했다.

"모르냐? 천천 옆에다 사회체육공원인가 뭔가 만든다고 정비 사업 하잖아. 백사장 다 밀고, 냇가에 나무를 쫘악 심는대."

천경필은 천천교 난간을 붙들고 아래를 내려다보며 말했다.

"지랄, 누가 여기까지 와서 운동한다고…… 하여튼 갈아엎는 거 참 좋아해. 시내에서 여기까지 왔다 가는 게 운동 되겠네. 보나마나 전부 차 타고 오셔서 돌네 운동하고, 차 타고 얼른 가겠지. 예전에 천천교 다리 밑에서 운동하시던 아저씨들은 다 어디 가셨을까. 그 아저씨들이 진정한 사회체육가들이셨는데 말이지."

"뭐라도 만들면 좋지 뭘 그래. 마을도 발전하고."

"야, 물도 없는 냇가에 공원을 만들면 뭐하냐."

"물도 어디서 끌어오겠지."

"야아, 정말 백사장이 싹 다 없어졌네."

지종해도 천경필 옆에서 난간을 붙들고 아래를 내려다봤다.

"백사장이 없어지니까 좀 이상하긴 하네. 천천 같지가 않고."

천경필이 말했다. 두 사람은 난간을 붙들고 아래를 내려다보았다. 백사장은 보이지 않고 건축 자재만 눈에 들어왔다.

"이렇게 내려다보고 있으니까 갑자기 하마까 형님이 딱 떠오르네."

"하마까? 아, 그 전실의 하마까. 신싸 오랜만에 들어보는 이름이다."

"하마까 형님은 어디서 뭘 하고 계실까?"

"그때 학교에서 바로 퇴학 먹었지?"

"그랬지. 긍휼고 3학년 오십 명을 맨손으로 작살내시고, 명예롭게 퇴학당하셨지."

"야, 지종해, 뻥 좀 그만 쳐라. 열나게 얻어터지고 울면서 집에 갔다는 거 아는 사람 다 아는데."

"뻥인 거 알았냐?"

"뻥을 쳐도 정도껏 쳐야지. 너 김현중이라고 알지? 지금 마포쪽에서 식당 하는 우리 일 년 선배 말야. 그때 다 봤대. 얻어터지고 옷 다 찢어지고 울면서 갔다더라. 야."

"그 정도는 아냐. 나도 그때 봤어."

"네가 어떻게 봐?"

"그날 학교 제끼고 여기서 담배 피우고 있는데 하마까 형님이 저기 아래 백사장에 나타났어."

"옷 다 찢어져서?"

"응, 옷 다 찢어지고 얼굴이 퉁퉁 부어서 완전 풍선만해졌더라. 무슨 일인가 싶었지. 백사장에 갑자기 드러눕더니 하늘을 보면서 펑펑 우는데 되게 슬퍼 보이더라고. 아직도 울고 있는 하마까 형님 얼굴이 생각나네."

"넌 꼭 하마까 형님이라고 하더라? 언제 봤다고."

"내 이야기 속 단골 주인공이신데, 그 정도 대접은 해드려야지."

"찾아가서 인사라도 하지 그랬냐."

"그럴걸 그랬나? 여기서 다리 아래 보면서 인사라도 할걸. 하마까 형님, 안녕하세요?"

"그럼 뭐라 그랬을까?"

지종해는 그날 하마까의 얼굴을 떠올렸다. 지종해는 다리 위에서 하마까의 우는 얼굴을 오랫동안 내려다본 기억이 너무나 선명하게 떠올랐다.

두 사람은 말없이 천천을 내려다보았다. 천천의 물은 거의 말라 있었다. 군데군데 물기가 있고 작은 웅덩이도 있었지만 대부분 말라서 쩍쩍 갈라진 틈 사이에 돌멩이만 널려 있었다.

"여기서 이렇게 내려다보니까 우리가 우주탐사선이 된 거 같다."

지종해가 말했다.

"우주탐사선?"

천경필이 물었다.

"저긴 낯선 별의 표면이고 우리는 저 땅에 내려서 생명체가 존재하는지 탐사를 하는 거야. 윙…… 착륙을 허가한다. 본부 나와라, 본부. 시야에 들어오는 것은 아무것도 없다. 서렇게 거친 땅에도 과연 생명체가 살아갈 수 있을까? 본부 나와라, 본부. 생명체는 없다. 반복한다. 생명체는 없다."

"영화 찍나?"

"블록버스터 우주영화 배경으로 딱인데 찍을 돈이 없네. 크크."

지종해는 두 팔을 엇갈려 난간에 대고 턱을 괴었다. 주변은 조용했다. 지나다니는 자동차도 거의 없었고 흐르는 물소리도 없으니 조용할 수밖에 없었다. 가을 햇빛 소리도 들릴 것처럼 사방이 적막했다.

"여기서 떨어지면 죽을라나?"

"왜? 살기 싫어?"

"아니. 옛날엔 까마득하게 높아 보였는데 지금 보니깐 별로 높질 않네."

"뛰어봐."

"그럴까?"

"정말?"

"됐다. 죽더라도 대박 하나는 터뜨리고 죽어야지."

"그래, 하나 빵, 하고 터뜨려라."

"천천이 옛날부터 뭔가 드라마틱한 게 있긴 있어. 로케이션은 정말 끝내주는데…… 야, 이런 영화 어떠냐? 세계적인 두 개의 조직이 천천교 아래 백사장에서 마약 밀거래를 하고 있는 거야."

"세계적인 조직이 왜 하필 대한민국의 지방도시 다리 밑에서 밀거래를 하나?"

"아, 또 토 단다. 좀 들어라, 들어."

"계속해봐."

"한 조직이 속임수를 써서 마약을 몽땅 차지하려는 순간, 총격전이 벌어지는 거지."

"피할 데도 없는데?"

"다리 기둥 뒤에도 숨고, 돌무더기 뒤에도 숨고, 아무 데나 숨으면 되지, 인마. 그때 천천 상류에서 획, 바람이 불어오고, 갑자기 안개가 짙게 끼고, 하늘이 시커멓게 변해. 배경음악 쫙 깔린 다음에, 안개를 뚫고 우리의 주인공이 나타나는 거지."

"뗏목 타고?"

"그래, 뗏목 좋다. 주인공은 홀연히 나타나서 두 조직의 마약을 빼돌린 다음 하류로 유유히 흘러가는 거야."

"영화 망하겠다."

"그렇지?"

두 사람은 상류 쪽을 보았다. 메마른 냇가 바닥만 구불구불 끝없이 이어져 있었다. 한 번도 가보시 않은 외계의 표면, 사람이 실 수 없는 메마른 행성. 두 사람은 상류에서 뗏목이 나타나는 장면을 동시에 눈앞으로 그려보았다. 메마른 냇가 바닥에서 물이 솟구쳐올라 가득 차고, 수만 겹 물결이 찰랑이며 흐르고, 사라졌던 백사장이 흩뿌려지며 나타나 황금빛 햇빛을 반사하는 모습을 그려보았다. 저 멀리서 바람이 불어온다. 바람은 촉촉하게 젖어 있다. 뗏목이 천천히 모습을 드러낸다. 뗏목 위에는 통나무 김씨와 하마까가 서 있다.

"야, 가자."

천경필이 지종해의 어깨를 치며 말했다.

"응, 가야지."

지종해가 아쉽다는 듯 대답했다. 지종해는 천천교 아래를 물끄러미 바라보았다. 그 아래 뭐가 있는지 관찰하는 얼굴이었다. 지종해는 한참 입을 오물오물거리다가 '투읍' 하는 소리를 내며 아래로 침을 뱉었다. 지종해가 뱉은 침은 빠른 속도로 떨어져 천천의 바닥에 납작하게 퍼졌다. 주위가 너무 조용해 침이 바닥에 부딪치는 소리가 들렸다.

"침은 왜 뱉어?"

천경필이 말했다.

"얼마나 높은지 봤어. 우와, 침을 떨어뜨려보니까 그래도 꽤 높네."

지종해가 대답했다. 천경필도 아래를 내려다보았다. 천경필은 침이 떨어진 자리를 찾을 수 없었다. 천경필도 입을 오물거려 침을 만들어냈다. 난간을 붙들고 입술을 아래로 내밀어 천천히 침을 흘려보냈다. '차악' 하는 소리와 함께 천경필의 침도 바닥에 납작하게 퍼졌다. 자신이 뱉은 침의 자리는 쉽게 찾을 수 있었다.

"이렇게 계속 침을 뱉다보면 언젠가는 냇가에 물이 그득해지겠다, 그치?"

지종해가 말했다.

"어느 세월에…… 한 천만년 걸릴라나?"

천경필이 대답했다.

"아, 지구에서 보낸 탐사선이 마침내 천천행성에 도착했습니다. 착륙을 시도하는군요. 착륙 전에 일단 침으로 만든 소형 탐사선을 내려보내는데요. 퉤…… 아, 탐사선이 바닥에 부딪쳐 박살이 나버리고 말았습니다."

"예, 두번째 탐사선을 내려보내봅니다만, 퉤…… 역시 불시착하고 말았군요."

"아, 인간의 발길을 완강히 거부하는 천천행성입니다."

두 사람은 계속 침을 뱉었다. 몇 번 뱉지 않았는데 입안의 침이 바싹 말라버렸다. 지종해와 천경필은 고개를 내밀고 자신들이 뱉은 침의 흔적을 찾아보려고 했지만 잘 보이지 않았다. 두 사람은 입을 오물거리며 침을 더 만들어내려다 포기했다.

"야, 가자."

"그래, 가자."

두 사람은 파란 가을 하늘을 한번 바라보았다. 하늘은 절대 닿을 수 없을 것처럼 깊고도 높았다. 두 사람은 동시에 난간을 한번 툭, 치고는 자동차로 돌아갔다. 곧 시동이 걸렸다. 자동차는 천천교를 지나 시내로 향했다.

바질

이별은 육체적인 단어다. 헤어진다는 것이고, 그래서 다시는 가까워질 수 없게 된다는 것이다. 멀어진다는 것이다. 이별이라는 단어의 물리적인 실체가, 거리에 대한 실감이, 박상훈을 괴롭게 했다. 사흘이 지나자 어딘가 아파왔다. 아프긴 했지만 상처를 집어낼 수는 없었다. 살을 파고 뼈를 헤집어 상처를 들어낼 수 있다면 좋겠지만 상처는 계속 이동했다. 때로는 무릎이 아팠고, 때로는 등이 아팠고, 때로는 발뒤꿈치가 아팠다. 마음이 아플 줄 알았는데 몸이 아팠다. 모든 고통은 이별로부터 왔다. 닷새가 지나자 모든 뼈마디가 욱신거렸다. 걷고 있다는 게 기적 같았고, 한발 한발 앞으로 나아가고 있다는 게 생생하게 느껴졌다. 고통은 산발적이었지만 끊임없었다.

박상훈은 죽고 싶다는 생각을, 태어나서 처음으로 했다. 모든 게 귀찮게 여겨졌다. 사십 년이나 사용한 덕분에 삐걱거리는 몸을 계속 치료해야 한다는 사실도, 한 달 안에 치료하지 않으면 통증이 시작될 충치도, 돈을 벌기 위해 계속 일을 해야 한다는 사실도, 귀찮았다. 박상훈은 고통에 민감한 사람이었다. 균형을 중요하게 생각하는 사람이었다. 자신도 모르는 사이에 한쪽 엉덩이에 작은 씨앗을 깔고 앉으면 균형이 흐트러져 허리에 통증을 느낄 정도였다. 이별은 그런 그의 균형을 통째로 망가뜨렸다. 균형은 부서졌고 균형이 붙들고 있던 형체도 망가져서 몸의 모든 부분이 다시는 되돌릴 수 없는 상태가 되었다고, 박상훈은 생각했다. 지윤서를 생각하는 것만으로도, 간신히 붙들고 있던 균형이 힘없이 허물어졌다.

지윤서는 박상훈과 헤어진 지 사흘 만에 네덜란드 출장을 떠나야 했다. 오래전부터 예정되어 있던 출장이었다. 격하게 소리지르고, 울고, 미워하고, 무언가 때려 부쉈더라면 오히려 더 홀가분하고 산뜻했을지 모른다고, 좁은 비행기 의자에 앉아서 멀고 먼 땅을 내려다보며 지윤서는 생각했다. 비행기가 땅으로 떨어진다면 어떨까. 겁날 게 없었다. 조용히 앉아서 창문으로 가까워지는 땅을 무심하게 내려다볼 수도 있을 거라고 생각했다.

두 사람 다 덤덤했다. 말꼬리도 잡지 않았고 소매를 붙잡지도 않았다. 그만하자, 이제. 그 말을 한 사람은 분명히 지윤서 자신이었는데, 다른 사람이 목소리를 대신 내준 느낌이었다. 비행기 소리 사이에서 그 사람의 목소리가 들려오는 것 같았다. 그만하자, 이제. 지윤서는 그 목소리에 대답을 하고 싶었다. 그래, 그만하자.

'2009 세계단추박람회'는 암스테르담 컨벤션센터에서 사흘 동안 열렸다. 지윤서의 일정은 박람회 이삼 일째 부스를 책임지는 것이었다. 단추로 가득 찬 가방 두 개와 자신의 여행가방을 끌고 택시승강장으로 가는 동안 지윤서는 빨리 호텔로 가서 씻고 싶다는 생각뿐이었다. 뜨거운 물에 몸을 담그면 팽팽하게 당겨진 긴장을 쭈글쭈글하게 만들어 침대 위에다 늘어놓을 수 있을 것 같았다.

택시에서 박람회 자료집을 펼쳤지만 눈에 들어오지 않았다. 모두 단추뿐이었다. 작은 단추, 큰 단추, 둥근 단추, 네모난 단추, 구멍이 네 개인 단추, 구멍이 두 개인 단추, 구멍이 하나인 단추. 오직 단추뿐이었다. 어느 순간 그 단추들이 지윤서를 뚫어지게 바라보더니, 말을 걸어왔다. 단추 디자인을 하다보면 단추와 눈이 마주칠 때가 한두 번이 아니지만 말을 거는 것은 흔치 않은 일이었다. 눈이 빨갛다. 울었어? 아니, 안 울었는데. 운 것처럼 보여. 아니야. 피곤해서 그래. 울지 마. 응. 지윤서는 자료집을 덮고 창밖을 내다보았다. 어스름 속에서 운하의 수면이 마지막 햇빛에 반짝였다.

박람회 참여는 성공적이었다. 두 군데와 가계약을 했고, 한 업체와는 연락처를 주고받았다. 새로운 카탈로그가 나오면 샘플과 함께 보내주기로 했다. 가계약을 한 업체 한 곳은 유럽에서도 규모가 큰 의류회사였다. 전화통화만으로도 사장이 얼마나 기뻐하는지 알 수 있었다. 사장은 지윤서에게, 개인적인 여행을 더 하고 귀국할 수 있도록 휴가를 주겠다고 했다. 지윤서는 그럴 생각이 없었다. 비행기표 시간을 바꾸는 게 세상 그 어느 일보다 끔찍하고 귀찮게 생각됐다. 저녁 비행기를 타기 전에 꽃시장 근처에 있는 수공예 단춧가게에 들러보는 게 지윤서가 정해놓은 일정의 전부였다. 지금 휴가를 쓰는 것은 너무 아까운 일이었다. 휴가를 얻게 되면 생각이 많아질 것이다. 생각이 많아질 때는 늘 좋은 생각보다 나쁜 생각이 더 많아진다는 걸 지윤서는 잘 알고 있었다.

지윤서는 호텔 식당에서 느긋하게 점심을 먹고 단춧가게로 향했다. 짐은 호텔에 맡겨두었다. 호텔은 단춧가게와 공항 사이에 있었다. 오랜만에 손에 아무것도 들지 않고, 천천히 걸었다. 꽃시장을 지나 작은 운하를 따라 걸으면서 지윤서는 습기를 느꼈다. 눈에 보이지 않는 작은 물방울들이 지윤서의 콧속에 들러붙는 듯한 기분이었다. 처음엔 징그럽다는 생각이 들었지만 시간이 지나자 물방울들을 데리고 놀고 싶어졌다. 코로 숨을 들이켜고, 내쉬고, 들이마시고, 내뱉으면서 물방울들이 바람에 흔늘리는 설 느꼈다. 물방울늘은 지윤서의 콧속 작은 솜털들을 꼭 붙들었다.

단춧가게 문은 닫혀 있었다. 커다란 유리창 속에 단추들이 보였지만 들어갈 수 없었다. 문에는 'CLOSED'라는 푯말만 걸려 있을 뿐, 이유는 적혀 있지 않았다. 원래 쉬는 날인지, 주인이 잠깐 자리를 비운 것인지 알 수 없었다. 벨을 누르고 문을 두드렸지만 아무도 나오지 않았다. 지윤서는 가게 앞에서 기다리기로 했다. 두 손으로 유리의 반사광을 막으며 가게 안을 자세히 들여다보았다. 온통 단추뿐이었으나, 옷에 달린 단추는 없었다. 단추를 엮어 목걸이를 만든 것도 있었고, 커다란 스탠드 갓에 수백 개의 단추를 붙여 장식한 것도 있었다. 지윤서는 스탠드의 스위치를 켜보고 싶었다. 불이 들어오면 단추들이 얼마나 반짝일지, 작은 단춧구멍 사이로 어느 정도의 빛이 새어나올지 궁금했다. 가게의 깊은 안쪽은 자세히 들여다볼 수 없었다. 빛을 막아도 거기까지는 눈길이 도달하지 못했다. 무언가 움직였다. 지윤서는 얼굴을 유리창에 바싹 대고 잔뜩 눈을 찡그려 시선을 깊이 들여보냈지만 거기까진 가 닿지 못했다.

그 속에 누가 있었다. 무언가 어른거렸다. 마네킹일까? 아니, 어둠 속에서 꿈틀거리는 건 분명히 사람의 윤곽이었다. 유리창에서부터 가게 안쪽의 벽까지는 채 십 미터도 안 될 텐데 그 속이 제대로 들여다보이지 않았다. 안에서는 밖이 보일 것이다. 가게 안에서 누군가 자신을 물끄러미 바라보고 있다는 상상을 하니 더 이상 안을 들여다볼 수 없었다. 가게 문 앞에는 전화번호도 붙어 있지 않았다. 지윤서는 휴대전화기로 가게 사진을 한 장 찍고 돌아섰다. 가게 앞으로 작은 운하가 흘렀다. 지윤서는 운하 건너편으로 가서 단춧가게가 프레임에 가득 차도록 사진을 한 장 더 찍었다. 가게 간판에는 여러 개의 커다란 단추가 매달려 있었다.

돌아오는 길에 지윤서는 꽃시장에 들렀다. 튤립이 많았다. 두 손을 모으고 기도하는 모습 같다고, 지윤서는 생각했다. 이름을 알 수 없는 꽃들이 많았다. 이름을 알고 싶지 않았다. 예전 같았으면 반드시 꽃 이름을 물어봤을 것이다. 주인에게 꽃 이름을 듣고 몇 번이고 되뇌며 이름을 외웠을 것이다. 지윤서는 가게 앞에 늘어놓은 꽃을 물끄러미 바라보면서 계속 걸었다. 꽃이 너무 많아서 꽃 같지 않다고, 꽃이 아니라 병아리들 같다고, 지윤서는 생각했다. 풍차 모형에 달린 꽃씨가 뱅글뱅글 돌아가고 있었다.

지윤서는 꽃시장 거리가 거의 끝나가는 곳에서 좌판을 벌여놓은 할머니를 보았다. 처음에는 무심코 지나칠 뻔했는데, 할머니의 모습이 인상적이었다. 얼굴에는 고랑 같은 주름이 깊이 패어 있었지만 머리카락은 이십대처럼 까맸고, 입술에는 빨간 립스틱을 발랐다. 녹색 스웨터와 까만 치마를 입고 있었다. 모든 게 부자연스러웠고 어울리지 않았다. 다른 세계에서 이 세계로 물건을 팔러 나온 행상 같았다. 할머니는 꽃씨들 늘어놓고 꾸벅꾸벅 졸고 있었다. 지윤서는 할머니 앞에 섰다. 할머니는 여전히 졸고 있었다. 할머니의 좌판에는 여러 종류의 꽃씨가 봉투에 담겨 있었다. 지윤서는 거기서 'Basil'이라는 글씨를 보았다. 바질이라는 글씨를 보는 순간 박상훈이 떠올랐다. 바질은 박상훈과 지윤서가 자주 가던 레스토랑이었다. 이름이 바질이니까 바질은 듬뿍 넣어주겠네요. 처음 갔을 때 박상훈이 너스레를 떨었고, 주인은 두 사람의 파스타에 바질을 듬뿍 넣어주었다. 두 사람 다 바질의 쌉쌀한 향과 맛을 좋아했다. 일주일에 한 번은 바질에 가서 파스타를 먹었다.

"이게 바질이에요?"

지윤서가 씨앗 봉투 하나를 가리키며 물었다. 할머니가 잠에서 깼다.

"그럼, 그럼, 이게 바질이지. 이거 우리 집에서 특별히 키운 바질이야. 보통 바질이랑 달라."

"뭐가 달라요?"

"맛이 좋지. 향도 좋고, 크기도 아주 크고."

"지금 심으면 되는 거예요?"

"그럼, 지금 심으면 딱 좋지. 아무 때나 심어도 돼. 우리 바질은 아무 때나 잘 자라."

지윤서는 할머니의 말을 믿지 않았다. 바질이 얼마나 키우기 힘든 허브인지 알고 있었다. 따뜻해야 했고, 환기가 중요하며, 물 조절을 잘 해야 했다. 지윤서는 바질을 키워본 적이 있었다. 매번 이 개월을 넘기지 못하고 시들시들해져버렸다. 할머니가 잠이 덜 깬 눈으로 지윤서를 올려다보았다. 지윤서는 삐뚤빼뚤한 글씨로 'Basil'이라고 적어놓은 종이봉투 하나를 집었다. 5유로면 싼 게 아니었다. 호텔로 돌아가는 길에 지윤서는 봉투에 코를 대고 향기를 맡아보았다. 종이봉투에서는 아무런 향기도 나지 않았다.

박상훈은 퇴근할 때마다 지윤서의 집을 지났다. 집으로 가는 방향이긴 했지만 십 분 정도 돌아가는 길이었다. 동네 극장에서 영화를 보거나 저녁을 먹은 날이면 지윤서를 데려다주고 집까지 걸어서 갔다. 헤어졌다는 이유로 퇴근길을 바꿀 생각은 없었다. 우연을 핑계로 한번쯤 지윤서를 보고 싶기도 했지만 박상훈은 그 길이 좋았다. 좁은 골목을 걸어 경사가 작은 언덕을 올라가면 사방으로 또다른 골목길이 그물처럼 얽혀 있는 곳이었다. 박상훈은 하늘 위에서 골목들을 꼭 한 번 내려다보고 싶었다. 그물은 얼마나 넓은지, 얼마나 촘촘한지 보고 싶었다. 손가락으로 골목길을 따라 선을 그어보고 싶었다. 골목이 끝날 때쯤 두 갈래 길이 나오는데, 오른쪽으로는 지윤서의 단층집이 보였고 왼쪽으로 이십 분 정도 걸어서 언덕을 내려가면 박상훈의 집이 나왔다.

지윤서가 외국 출장중이라는 걸 박상훈은 알고 있었다. 지윤서는 한 달 전부터 출장 준비로 정신이 없었다. 박상훈은 두 갈래 골목길을 지날 때마다 지윤서의 집을 보았다. 불은 꺼져 있었다. 집 뒤편에는 야트막한 야산이 있었는데, 집과 야산은 어둠 속에서 한 덩어리로 웅크리고 앉아 말없이 박상훈의 눈길을 마주했다. 늘 보던 집이었고, 깔깔거리며 웃고 떠들던 집이었는데, 어둠 속에서는 섬뜩했다. 웃음소리 같은 건 한 번도 새어나가게 한 적 없다는 듯 무뚝뚝하게 웅크리고 있었다.

야산은 아무도 신경쓰지 않는 곳이었다. 관리인도 없었고, 그곳을 산이라고 생각하는 사람도 없었다. 시내 한복판에 그런 야산이 있다는 걸 신기해하는 사람도 있었지만 곧 잊고 지냈다. 야산에는 산책길도 없고 봄마다 꽃이 흐드러지게 피는 경우도 없었다. 가시덤불과 덩굴과 누군가 몰래 갖다 버린 쓰레기뿐이었다.

지윤서는 집 뒤에 그런 야산이 있는 걸 좋아하기도 했고 싫어하기도 했다. 그래도 도시에 이만한 자연이 있다는 게 어디야, 라는 마음으로 그 집을 골랐지만 모기와 벌레에 시달릴 때면 자신의 선택을 후회하곤 했다. 머리숱 많은 사람이 펌을 하면 꼭 저런 모양이 되지 않아? 이사하던 날, 창문으로 보이는 무성한 덤불을 가리키며 박상훈에게 말했다. 응, 난 부럽다. 야. 머리숱이 적은 박상훈이 입을 삐죽거리며 말했다.

지윤서가 출장에서 돌아온 날 저녁에도 박상훈은 그 길을 걸어갔다. 불이 켜진 걸 보니 박상훈은 반가웠다. 불이 켜져 있다는 것만으로 안심이 됐다. 집 뒤의 야산도 예전보다는 조금 밝은 표정이 된 것 같다고 박상훈은 생각했다. 이별은 헤어진다는 것이고, 다시는 가까워질 수 없다는 뜻이지만 그 뜻을 온전히 받아들일 수 있을 때까지 박상훈은 지윤서를 보고 싶었다.

지윤서는 출장에서 돌아와 짐도 제대로 풀지 않고 불을 켜둔 채 잠이 들었다. 내리 열 시간을 자고 새벽에 잠이 깼을 때 형광등이 유난히 환했다. 지윤서는 형광등 속을 들여다보았다. 너무 밝아서 안에 뭐가 들어 있는지 알 수 없었다. 눈을 감았다가 떴더니 형광등 속에서 뭔가 팔딱거리며 뛰어다니고 있었다. 빛의 그림자일 것이다. 지윤서는 눈을 감고 움직이지 않았다. 움직이지 않으니 감각이 둔해졌다. 손끝을 까딱해보았다. 움직였다. 십 분쯤 감각이 없는 사람처럼 누워 있었다. 잠에서 깨어나는 게 이런 것이었지. 모든 감각이 천천히 현실로 돌아오는 거였지. 참 오랜만에 느껴보는 감각이었다. 혼자라는 게 실감이 났다. 혼자 있다는 게, 혼자 살아가야 한다는 게 실감이 났다. 맞아. 혼자라는 사실을 한참 잊고 있었네. 결국 혼자일 걸 알고 있었잖아. 예전부터

넌 알고 있었어. 결국 과정은 중요한 게 아니었어. 혼자였고 혼자이고 앞으로 혼자일 거야. 지윤서는 가슴에서 뭔가 울컥하는 감정을 느꼈다. 그 감성이 터지도록 내버려두는 게 좋을지 꾹꾹 눌러야 할지 알 수 없었다. 울고 싶지 않았다. 울고 나면 기분이 좋아질 걸 알고 있었지만, 버릇처럼 울고 싶지는 않았다.

지윤서는 고개를 젓고 벌떡 일어나서 여행가방을 정리하기 시작했다. 빨래와 세제를 세탁기에 넣고 스위치를 켰다. 휴대용 파우치에 들어 있던 세면용품과 화장품을 제자리에 갖다 두고, 카메라와 휴대전화기, 노트북 컴퓨터를 충전기에 꽂았다. 회사에 가져가야 할 서류와 단추를 가방에 넣고 나니 아침 일곱시가 되었다. 출근을 준비해야 할 시간이었다. 지윤서는 여행가방 앞주머니에서 바질 봉투를 발견했다. 작고 검은 씨앗의 수를 세어보았다. 모두 열 개였다. 열 개에 5유로라니, 완전 바가지잖아. 할머니의 모습을 떠올렸다.

지윤서는 야산으로 가서 흙을 퍼왔다. 거칠기 때문에 생명력이 더 강할 거라고 생각했다. 길쭉한 화분에 흙을 옮겨담고 바질 씨앗 열 개를 골고루 꾹꾹 눌러넣었다. 물을 주고 창틀에 놓았다.

사흘이 지나자 바질 싹이 올라왔다. 바질 싹은 연두색이 아니라 검붉은 색이었다. 사흘 만에 싹을 틔운 것도 그렇고, 색도 그렇고, 평범한 바질이 아닌 건 분명하다고 지윤서는 생각했다. 한 달이 지났을 때는 엄청난 향이 집 안에 퍼졌다. 언제부턴가 집 안에 벌레도 사라졌다. 파리도 날벌레도 보이지 않았다. 문을 닫아두고 회사에 다녀오면 집 안이 바질 향으로 가득 찼다. 향기롭긴 했지만 너무 강해서 질식할 것 같은 기분이었다. 지윤서는 바질을 바깥쪽 창틀에다 내다놓았다.

지윤서는 박람회 보고서와 2009년 가을/겨울 단추 컬렉션북을 준비하느라 정신없이 일했다. 10월까지 모든 일을 마쳐야 했다. 야근이 잦았고, 집에 들어오지 못하는 날도 많았다. 열심히 일했고, 모든 걸 잊기 위해 일했다. 혼자 멍청하게 누워서 형광등 보는 시간을 없애고 싶었다. 집에 들어오면 쓰러져 잤고, 일어나면 옷만 갈아입고 밖으로 나갔다.

일에 둘러싸인 채 지내던 어느 날 아침, 지윤서는 문득 바질을 떠올렸다. 아, 바질. 화분에 남은 것은 시든 줄기와 말라빠진 이파리 몇 개뿐이었다. 뿌리의 흔적도 없었다. 흙은 까맣게 변해 있었다. 지윤서는 바질이 허공으로 날아간 거라고 생각했다. 죽었다고 생각하고 싶지 않았다. 거봐, 할망구, 바질은 키우기 힘든 식물이라니까. 지윤서는 화분에 있던 흙을 창밖으로 버렸다. 창문틀에 화분을 탁탁 두드려서 여분의 흙을 모두 털어냈다. 지윤서는 다시는 식물을 키우지 않을 거라고 다짐했다. 책임을 지고 싶지 않았다. 혼자라면, 책임질 일이 없었다.

박상훈은 매일 지윤서의 집 앞을 지났다. 하루하루 그 집을 지날 때마다 지윤서와의 거리가 조금씩 멀어질 거라고 생각했는데, 거리를 실감할 수 없었다. 멀어지는 것을 두려워하지 않으면 자연스럽게 멀어질 거라고 생각했는데, 좀처럼 거리는 벌어지지 않았다. 오히려 점점 더 가까워지는 것 같다고 생각했다. 그 길을 포기할까도 생각했지만 그럴 수는 없었다. 그렇다고 평생 헤어진 여자의 집 앞을 지나다닐 수도 없었다. 지윤서의 집이 변하고 있다는 사실을 박상훈이 알아차린 것은 헤어진 지 육 개월이 지났을 때였다.

집을 지날 때마다 이상한 냄새가 났고, 집 뒤 덤불이 커지고 있는 것 같았다. 박상훈은 처음에는 그게 마음의 문제라고 생각했다. 지윤서와의 거리를 만들기 위해 마음이 꾸며낸 향기고, 생각이 꾸며낸 형체라고 생각했다. 하지만 시간이 지날수록 냄새는 짙어졌고, 덤불은 커졌다. 박상훈은 지윤서의 집 쪽으로 몇 발짝 더 걸어보았다. 육 개월 만에 처음 있는 일이었다. 집으로 좀더 다가갔다. 다섯 걸음쯤. 지윤서의 집 대문 우편함에 야식 전단지가 꽂혀 있었다. 집 옆의 좁은 골목은 야산으로 가는 지름길이었다. 아무도 그 길로 다니지 않았다. 박상훈은 골목 안을 들여다보았다. 골목은 깜깜했다. 형체도, 그림자도, 아무것도 보이지 않았다. 그 안으로 발을 들여놓기가 겁났다. 박상훈은 골목으로 고개를 들이밀었다. 골목에서 뭔가 썩는 냄새가 났다. 짙은 풀냄새 같기도 했다. 박상훈은 어둠 속으로 들어가고 싶지 않았다. 발이 떨어지지 않았다.

박상훈은 다음날 아침 지윤서의 집 쪽으로 갔다. 밝을 때 다시한번 야산을 확인하고 싶었다. 자신이 잘못 본 게 아니라는 걸 확인하고 싶었다. 회사에 전화를 걸어 외근을 하고 오후에 들어가겠다고 했다. 다시 골목 앞에 섰다. 골목은 지윤서의 집과 옆집 사이에 끼어 있었고, 한 사람이 겨우 지나다닐 수 있을 정도로 좁았다. 골목 끝이 야산의 시작이었다. 골목에서 나던 풀냄새는 지난밤보다는 덜했지만 여전히 짙었다. 언젠가 그 골목을 걸었던 기억이 났다. 지윤서의 집 창문에 널어두었던 빨래가 떨어져 주우러 갔었다. 그때와는 달랐다. 골목에서 그늘의 냄새가 났다. 우거져 숲이된 공터의 그늘에서 맡을 수 있을 법한 습한 냄새가 났다.

야산은 덤불로 꽉 차 있었다. 둥근 모양의 커다란 덤불 여섯 개가 거대한 바위처럼 야산 입구를 막고 있었다. 덤불의 크기는 어릴 때 놀이터에서 자주 타고 놀았던 지구 모양 기구와 비슷했다. 박상훈의 키보다 훨씬 컸고, 지름이 삼 미터는 넘어 보였다. 수만개의 가지가 이리저리 얽히고 가시와 이파리와 줄기와 뿌리와 덩굴이 제멋대로 휘감겨 있었다. 덤불 때문에 더이상 야산으로 올라갈 수 없었다. 여섯 개의 덤불은 야산을 호위하는 무사들처럼 빈틈을 보이지 않았다. 박상훈은 바닥에 떨어져 있던 나무막대기로 덤불을 옆으로 밀어보았다. 덤불이 슬쩍 물러서는가 싶었으니 곧 다른 가시들이 어디선가 나타나 그 자리를 대신했다. 박상훈은 두 손으로 나무막대기를 꽉 붙들고 힘껏 밀었다. 두둑, 나무막대기가 부러졌다.

박상훈은 덤불 속을 들여다보았다. 덤불은 수백 수천 겹이었다. 한낮이었는데도 속이 들여다보이지 않았다. 박상훈은 덤불의 중심을 보기 위해 수풀에다 고개를 바싹 붙였다. 더 깊이 보기 위해 두 손으로 옆을 가렸다. 짙은 향이 코를 찔렀다. 풀냄새였지만 너무 짙어서 뭔가 썩는 냄새처럼 느껴졌다. 날카로운 나뭇가지들이 박상훈의 얼굴을 긁었다. 덤불의 중심에서 누군가 자신을 바라보고 있는 것 같다는 느낌이 들었다. 누군가 바깥을 내다보고 있었다. 중심은 어두워서 한없이 깊어 보였다. 누군가 그 속에서 튀어나와 자신의 목을 끌어당기는 장면을 상상했다. 이미 끌어당기고 있는지도 몰랐다. 몸이 기울고 있었다.

박상훈은 덤불 속을 상상할 수 없었다. 어둠 속에서 아가리를 벌린 짐승이 살고 있을 수도 있었고, 바닥에서 팔뚝만한 뱀이 펄떡거리면서 튀어오를 수도 있었고, 수십만 마리의 거미가 수풀 곳곳에 줄을 친 채 먹이를 기다리고 있을지도 몰랐다. 수많은 상상이 박상훈의 머리를 하얗게 만들었다.

덤불은 야산에서 아래쪽으로 내려오고 있었다. 야산에서 뻗어나온 덩굴이 지윤서의 집까지 닿았다. 덩굴은 벽을 타고 올라 지윤서의 집 창문을 덮고 있었다. 덩굴은 방충망에 찰싹 달라붙어 있었다. 박상훈은 창문 가까이로 다가가 덩굴을 자세히 살펴보았다. 덩굴에는 작은 촉수 같은 게 셀 수 없을 정도로 많이 달려 있었는데, 그 촉수가 빨판 같은 역할을 하며 벽에 붙어 있는 것이었다. 박상훈은 두 손가락으로 덩굴을 떼어보았다. 꿈쩍도 하지 않았다. 박상훈이 손을 대는 순간 날카로운 촉수가 가시처럼 돋아났다. 잔뜩 화가 난 것처럼.

박상훈은 구청에 전화를 걸어서 담당자를 찾았다. 장소를 설명하고 이유를 밝혀도 담당자를 찾는 데 시간이 한참 걸렸다. 수화기 너머에서 서로에게 이유를 설명하고 어수선하게 책임자를 찾는 목소리들이 박상훈에게 그대로 전달됐다. 전화를 받았던 직원이 누군가에게 연결해주겠다며 대기상태로 돌렸는데, 전화가 끊어졌다. 박상훈은 신경질이 났다. 다시 전화를 걸어 담당자를 찾았다. 이름을 물어보지 않아 처음에 전화를 받았던 여자인지 아닌지 확인할 길이 없었다. 다시 전화가 어디론가 연결되었고, 이번에는 굵직한 목소리의 남자가 전화를 받았다. 박상훈은 장소를 설명하고 상황을 묘사했다.

"거긴 우리 구청 관리구역이 아닌데요."

"그럼 누가 관리하는데요?"

"교육청 부지니까 거기서 하겠죠."

"교육청 어디에 물어보면 됩니까?"

"그건 교육청에다 물어봐야죠."

"정말 이딴 식으로 일할 겁니까?"

"이딴 식이라뇨?"

"지금 책임을 미루고 있잖아."

"이보세요, 거기 나무 좀 자랐다고 그걸 누가 책임져요. 나무는 자라라고 심어놓은 거 아닙니까."

"당신 뭐하는 사람이야?"

"그냥 소리지르는 겁니까, 아니면 정말 내가 뭐하는 사람인지 궁금한 겁니까?"

"정말 사람 돌게 만드네, 이 사람이."

전화통화를 하던 구청의 자연환경산림관리과의 차우영은 옆 책상에서 입술을 일그러뜨리며 소리없이 신경질을 내는 과장의 얼굴을 보고 더이상 대꾸를 하지 않았다. 과장이 손가락으로 화이트보드를 가리켰다. 거기에는 '전화를 친절하게 받읍시다'라고 쓰여 있었다. 차우영이 직접 쓴 것이었다. 차우영은 조용한 목소리로 말했다.

"네, 제가 가서 한번 확인해보겠습니다."

"언제 오실 겁니까?"

"언제요? 글쎄요. 제가 일을 좀 보고 나서 가면…… 아, 아닙니다. 지금 가야겠네요. 지금 갑니다. 출동하겠습니다."

"여기서 기다릴 겁니다."

"기다린다고요?"

"기다릴 겁니다. 언제 오시나 보죠."

"네, 잘 기다리십시오."

차우영은 전화를 끊고 과장의 눈치를 살폈다. 과장은 말없이 한숨을 쉬었다.

"너 도대체 왜 그러는데?"

"제가 뭐가요?"

"뭐가요, 라니, 계속 전화 그따위로 받을 거야?"

"아니 우리 구역 일도 아닌데 네, 네, 네, 그리고 굽실굽실해요?"

"누가 굽실대래? 친절하게 할 수 있잖아. 제가 정말 성심성의껏 도와드리고 싶습니다만, 안타깝게도 문의하신 구역은 교육청 부지고, 그쪽에서 관리하도록 되어 있습니다. 교육청 전화번호는 어쩌구저쩌구입니다. 그럼 간단하잖아."

"이 자식이 반말하잖아요."

"됐어. 너 이번에도 또 민원 받으면 사표 쓸 생각해. 빨리 가서 해결해."

"아이씨, 우리 구역 아니잖아요."

"인마, 처음부터 친절하게 했으면 교육청으로 바로 전화했을 거 아냐."

"우리가 교육청 부지까지 신경써야 됩니까?"

"야 인마, 교육청은 우리 구청 소속 아니냐? 넓게 보란 말이야, 넓게. 빨리 안 가?"

"지금도 관리구역 되게 넓거든요. 더 넓게 보면, 과장님, 우리 과로사할지도 몰라요."

과장이 대꾸하지 않자 차우영은 가방을 챙겨 사무실을 나섰다. 오전에는 서류업무를 보고 오후에 현장으로 나갈 생각이었기 때문에 차우영은 하루 일정을 모두 바꿔야 했다. 운전하면서 머릿속으로 일과를 조정했다. 몇 개가 뒤엉켰다. 차우영은 혼잣말로 욕을 했다.

차우영은 공영주차장에 차를 세우고 걸어서 언덕을 올라갔다. 지윤서의 집을 쉽게 찾을 수 없었다. 골목과 골목에 주소가 얽혀 있었다. 바람이 선선했지만 목적지에 도착했을 때 차우영의 점퍼 속 티셔츠는 흠뻑 젖어 있었다.

"전화 주셨던 분이에요?"

집 앞에 앉아 있던 박상훈에게 차우영이 물었다. 박상훈이 고개를 끄덕였다. 차우영의 건장한 몸을 보고 박상훈은 약간 기가 죽었다.

"빨리 오셨네요."

박상훈은 엉덩이를 털며 일어섰다. 손가락으로 골목을 가리켰다.

"여기 살아요?"

"아뇨. 살지는 않고, 여기 사는 사람을 아는 사람입니다."

"아, 그러시구나. 여기 사는 분은요?"

"그건 왜요?"

"아니, 작업을 하려면 말씀을 드려야죠. 양해도 구하고, 확인도 하고."

"지금은 회사에 있습니다."

"일단 가보시죠. 뭐가 어떻게 얼마나 자랐다는 건지······"

차우영도 자신의 눈을 믿지 못했다. 이런 거대한 덤불은 난생처음이었다. 박상훈은 자신의 말이 맞지 않냐는 듯한 표정으로 옆에 서 있었다. 차우영은 야산 올라가는 길을 막고 선 여섯 개의 덤불을 꼼꼼하게 살폈다. 어디에도 빈틈이 없었다. 덤불 뒤에 또 뭐가 있는지 알 수 없었다. 우선 규모부터 확인해야 했다.

차우영은 가방에서 오십 센티미터 정도의 작업용 칼을 꺼냈다. 가장 왼쪽에 있는 덤불은 오래된 담벼락에 바싹 달라붙어 있었는데, 차우영은 그 사이를 노렸다. 담에서 덤불을 떼어내면 길이 열릴 것이라고 생각했다. 칼로 내려치자 나뭇가지들이 메마른 비명을 지르면서 바닥으로 떨어졌다. 파릇파릇한 이파리들이 허공에 날렸다. 차우영은 칼로 계속 내리쳤다. 덤불은 전혀 줄어들지 않았다. 담벼락에 붙어 있던 것들은 떨어져나갔지만 틈은 생기지 않았다. 뒤쪽에 있던 덤불이 앞쪽으로 몰려나왔고, 그 덤불을 없애면 또다른 덤불이 그 자리를 대신했다.

"에이 씹할, 뭐 이따위 것들이 다 있어!"

차우영은 소리를 지르면서 칼을 더 세게 내리쳤다. 헝클어진 실뭉치를 잡아뜯었을 때처럼 덤불은 더 헝클어졌고, 제멋대로가 됐다. 처음에는 둥근 모양이었는데, 칼로 내려친 왼쪽 덤불은 시간이 지날수록 삐죽삐죽한 모양새로 변했다.

박상훈은 멀찍이 떨어져서 차우영이 덤불을 내려치는 모습을 지켜봤다. 부서진 나뭇가지와 이파리 들이 사방으로 튀었다. 풀냄새가 짙게 퍼졌다. 박상훈이 알고 있던 풀냄새와 완연히 달랐다. 꽃향기나 허브의 향이 아니었다. 그보다 훨씬 짙은 풀의 냄새였다. 바질 냄새와 비슷하지만 바질과는 완전히 다르다고, 박상훈은 생각했다. 박상훈은 냄새 때문에 뒤로 물러섰다.

"저기요."

박상훈은 깜짝 놀라서 뒤를 돌아보았다. 젊은 여자가 거기 서 있었다.

"네?"

"혹시, 이 동네 사세요?"

"왜요?"

"여기 사는 여자분 아세요?"

"왜 그러시는데요?"

"전 여기 사는 여자분이랑 같은 회사에 다니는데요. 아침부터 계속 연락이 안 돼서 찾아와봤거든요."

"지윤서씨랑 연락이 안 된다고요?"

"어, 윤서 언니 아시네요?"

"벨 눌러보셨어요?"

"지금 눌러봤는데 반응이 없네요. 오늘 전시회 첫날이라 만나서 같이 가기로 했는데…… 무슨 일이 생긴 걸까요?"

지윤서의 직장 동료 허미연은 박상훈의 눈치를 살폈다. 박상훈이 누구인지, 지윤서와 어떤 관계이기에 모든 걸 알고 있는지 궁금했다.

박상훈은 철문을 두드렸다. 안에서는 아무런 대꾸도 없었다. 박상훈의 머릿속에 선명한 그림 하나가 떠올랐다. 쓰러진 약통, 쓰러진 지윤서, 헝클어진 방 안. 박상훈은 주방에 난 작은 창문 쪽으로 뛰어갔다. 거긴 열어놓을 때가 많았다. 하지만 닫혀 있었다. 박상훈은 골목으로 뛰었다. 덤불이 있는 뒤쪽 창문이 열려 있을 확률은 별로 없었지만 남은 창문은 그게 마지막이었다. 뒤쪽 창문까지 잠겨 있다면 열쇠수리공을 불러 문을 따야겠다고 생각했다. 창문은 열려 있었다.

"어, 아저씨, 뭐하시는 거예요? 남의 집에 함부로 들어가면 안 되죠."

땀범벅이 된 채 벽에 기대 쉬고 있던 차우영은 창문을 넘어가려고 기어오르는 박상훈을 향해 소리질렀다. 박상훈은 대꾸하지 않고 계속 창문을 넘기 위해 안간힘을 썼다. 차우영은 박상훈의 다리를 잡고 끌어내렸다.

"뭐하시는 겁니까? 아는 사람 집이라도 이러시면 안 되죠."

"사람이 죽어가고 있을지도 몰라요. 들어가서 구해야 합니다."

"누가요? 누가 죽는데요?"

"제가 아는 사람이요."

차우영은 창문에 얽혀 있는 가지와 이파리를 칼로 뜯어내고, 창문틀을 붙잡더니 단 한 번 만에 창문을 넘었다. 차우영은 방과 거실과 욕실을 뛰어다니며 죽어가고 있는 사람을 찾았다. 아무도 없었다.

"아무도 없는데요."

"문 열어봐요. 내가 들어가서 볼게요."

차우영이 문을 열었고, 박상훈이 집 안으로 들어갔다. 방 안에서 바질 향이 났다. 창문을 타고 들어온 덩굴이 바닥을 기고 있었다. 방 안은 이파리와 나뭇가지로 어질러져 있었다. 창문에 걸린 덩굴이 바람에 꿈틀거렸다.

책상 위에는 작업의 흔적이 남아 있었다. 단추 수십 개와 잡지가 어지럽게 널려 있었다. 죽음의 흔적은 없었다. 죽음을 준비한 흔적도 보이지 않았다.

허미연이 집 안으로 따라 들어왔다. 허미연은 부동산중개소의 소개로 집을 구경하러 온 사람처럼 괜히 찬장을 열고 옷장을 열고 신발장을 열어보았다. 마치 거기에 지윤서가 숨어 있을 수도 있다고 생각하는 사람처럼. 차우영은 자신이 신발을 신고 있다는 사실이 멋쩍었다. 까치발을 하고 밖으로 나왔다. 허미연은 문간에 놓여 있던 가방 하나를 집어들고 변명처럼 말했다.

"오늘 전시회 때문에 가방이 필요해서요."

허미연이 명함을 꺼냈다. 누굴 줘야 할지 망설이다 박상훈에게 건넸다. 차우영은 아무 일 없었다는 듯 다시 골목을 지나 덤불이 있는 쪽으로 갔다.

박상훈은 지윤서에게 전화를 걸었다. 회사 사람들이 벌써 수십 번 전화를 했을 것이다. 그래도 혹시, 액정화면에 박상훈이라는 이름이 뜨면, 받지 않을까. 신호가 오랫동안 계속됐다. 신호가 갔지만 지윤서는 전화를 받지 않았다.

차우영이 다시 칼로 덤불을 내리쳤다. 덤불은 여전히 틈을 내주지 않았다. 처음에는 한쪽 끝부터 차근차근 덤불을 살라내겠다던 차우영이 이제는 눈에 보이는 대로 칼을 휘두르고 있었다. 박상훈이 보기에 덤불은 점점 크게 변하고 있었다. 때리면 때릴수록 부풀어오르기라도 하는 듯이, 칼로 가지를 베어낼수록 더 많은 가지가 순식간에 자라는 듯.

박상훈은 방 안에 널브러져 있던 덩굴이 마음에 걸렸다. 집에 없다면, 갈 곳이 없었다. 어젯밤까지 연락이 됐다면 덩굴은 오늘 아침에 갑자기 나타났다는 말인데, 그것도 납득할 수 없었다. 박상훈은 덤불 속을 들여다보았다. 지윤서가 그 속에 들어 있는 게 아닐까. 어젯밤 갑자기 부풀어오른 덤불도 이상했고, 덩굴도 이상했고, 연락이 안 된다는 것도 이상했다.

"저도 좀 도울게요."

박상훈이 차우영 곁으로 가서 말했다. 차우영이 박상훈에게 칼 하나를 건넸다. 두 사람은 십 분 동안 쉬지 않고 덤불을 내리쳤다. 덤불은 전혀 줄어들지 않았다. 차우영이 숨을 헐떡이며 박상훈을 불렀다.

"아무래도 안 되겠어요. 이 새끼들 무슨 가시가 이렇게 많아. 괜찮아요? 운동도 잘 안 하시는 분 같은데 몸살나시겠네."

"괜찮아요. 뒤쪽으로 가는 길은 없을까요?"

"교육청으로 들어가는 길이 있긴 한데, 거긴 지금 못 들어가요. 거기 들어가려면 공문서 발송해야 되거든요."

"공문서요? 지금 사람이 사라졌는데, 공문서 때문에 못 간다고요?"

"아저씨, 정확히 합시다. 저는 사람을 찾는 게 아니에요. 여기 이 야산에 문제가 있다고 해서 온 거지. 사람을 찾는 거면 경찰한테 가셔야죠. 여자친구예요?"

"아뇨. 아는 사람이에요."

"에이, 아닌 거 같은데요. 여자친구도 아닌데 그렇게 열심히 찾을 리가 없지. 여자친구 맞죠?"

"헤어졌어요."

"아, 헤어진 여자친구. 어쩐지 그런 분위기시더라. 제가 충고 한마디만 할까요? 세상에는 세 종류의 사람이 있어요. 아는 사람, 모르는 사람, 헤어진 사람. 그중에서 제일 피해야 할 사람이 헤어진 사람이에요. 왜 그런지 알아요?"

"됐어요."

"됐다니까 그만합니다만, 거 남자가 꾸질꾸질하게 헤어진 여자친구 집이나 감시하고 그럽니까."

"그런 거 아닙니다."

"아니라니까, 그만하긴 합니다만……"

"됐다고요."

"네, 네. 저는 산림관리과에 전화해서 지원 요청할 테니까 그쪽은 알아서 하세요. 헤어진 여자친구를 찾아보시든지 말든지."

차우영은 전화기를 들고 골목 밖으로 나갔다. 박상훈은 덤불 가까이 가서 다시 그 속을 들여다보았다. 많은 것이 어른거렸지만 제대로 보이는 것은 없었다.

"윤서야."

박상훈은 소리를 질렀다. 덤불이 소리를 다 집어삼켰다. 박상훈은 자신이 잘못 아는 것이라고, 윤서가 덤불에 갇혀 있을 리 없다고 생각하면서도 덤불을 떠날 수 없었다. 지윤서가 덤불에 들어갈 이유도, 덤불에 들어갔다 해도 빠져나오지 못할 이유도, 빠져나오지 못한다 해도 이렇게 조용할 이유가 없었다. 지금 상황에 어울리는 이유가 없었지만 눈앞에 떠오르는 것은 덤불에 갇혀서 도움을 기다리고 있을 지윤서의 얼굴이었다. 차우영이 전화하는 소리가 크게 들렸다.

"과장님, 그 정도가 아니라니까요. 사진 보내드렸잖아요. ……아, 진짜 못 믿으시네. 제가 삼십 분을 내리쳤는데 꿈쩍도 안 해요. ……제 생각엔 중국에서 넘어온 변종 같은데, 덩치가 정말 장난이 아닙니다. 전기톱 두 대만 보내주세요. 아, 장난 아닙니다, 정말. ……네, ……알았습니다. 제가 책임질게요, 두 대만 보내주세요. 신형으로요. 얼마나요? 네, 여기서 기다려야죠 뭐."

차우영은 전화를 끊고 전화기에다 욕을 해댔다. 박상훈은 차우영을 보면서 좀 전에 자신의 전화를 끊고도 저런 욕을 했을 것이라는 생각을 했다. 차우영이 덤불이 있는 쪽으로 다시 갔다.

"두 시간은 기다려야 할 것 같은데요. 기계가 지금 다 나가 있다네요."

"두 시간요?"

"아저씨, 기계 예약 안 하면 쓰지도 못해요. 저쯤 되니까 과장님이 사정을 봐주시는 거죠."

박상훈은 그냥 서 있을 수가 없었다. 박상훈은 자신의 행동을 후회했다. 만약 어젯밤에 어둠 속을 뚫고 골목 안으로 들어갔으면 어떻게 됐을까. 뭔가 바뀌었다는 걸 깨닫고 어젯밤 신고를 했다면 어떻게 됐을까. 아무도 와주지 않았을 거야. 박상훈은 자신을 위로했다. 하지만 바뀌는 건 없었다. 시간이 지날수록 조급해졌다. 뭔가 일이 생겼다면 모든 게 자신 때문일 거라고 생각하기 시작했다.

박상훈에게는 이상한 믿음이 있었다. 걱정을 많이 하면 할수록 아무 일도 일어나지 않는다는. 사건은 언제나 갑자기, 준비하지 않을 때만 벌어졌다. 걱정하면 아무 일도 일어나지 않았다. 그런

민음이 생기자 걱정과 후회를 자주 하는 자신이 멍청하게 생각되지는 않았다. 박상훈은 자신의 걱정 때문에 지윤서에게 아무 일도 일어나지 않을 거라고 생각하기 시작했다.

"아이고, 한 대 피우고 눈이나 좀 붙여야겠네."

차우영은 덤불이 바라보이는 지윤서의 집 뒷담에 등을 기대고 담배를 꺼내물었다. 땀 때문에 하얀색 티셔츠의 색이 바뀌어 있었다. 차우영은 반팔 티셔츠의 소매를 말아서 걷어올렸다. 어깨 근육이 훤히 드러났다. 박상훈은 차우영의 넓은 어깨가 부럽다는 생각을 했다.

박상훈은 앉아 있을 수 없었다. 두 시간 동안 뭘 해야 좋을지 알 수 없었다.

"저는 교육청 쪽으로 해서 들어가보고 올게요."

"거긴 문 안 열어준다니까요."

"여기 있어도 할 일이 없잖아요."

"그럼 집에 들어가보세요. 여긴 제가 다 알아서 할 테니까요."

"아뇨, 괜찮습니다."

"덤불 속을 확인해보고 싶다 이거죠. 그러면 그냥 앉아서 쉬세요. 아무 일 없을 거예요."

"그쪽이나 쉬세요. 전 뭐라도 해야겠어요."

"내 참. 영웅 나셨네. 그럼 이거라도 가져가세요. 교육청으로는 들어가지 마시고, 다른 길이 있나 한번 살펴보시든지요. 문제 생기면 이거 누르고 얘기하시면 됩니다."

차우영이 박상훈에게 무전기를 건넸다. 박상훈은 무전기를 호주머니에 넣고 칼을 쥔 채 골목을 나섰다. 박상훈은 전화기를 꺼내서 지도 프로그램을 실행시켰다. 야산으로 가는 또다른 길을 확인할 생각이었다. 하지만 지도에는 야산의 자취가 없었다. 지도 속에서 거긴 공터였다. 빈자리여서 가는 길을 찾을 수 없었다. 야산으로 가려면 어느 집인가의 담을 넘어서 가야 했는데, 잘못하다간 도둑으로 오해받기 십상이었다.

박상훈은 교육청으로 들어가서 건물 뒤 언덕으로 올라갔다. 지키는 사람은 없었지만 야산으로 올라가는 길에는 철망이 둘러쳐져 있었다. 박상훈은 철망을 자세히 살폈다. 철망은 보수공사를 하지 않은 상태여서 잘 찾아보면 어딘가 빈틈이 있을 것 같았다. 덤불의 빈틈을 찾는 것보다 철망의 빈틈을 찾는 게 쉬웠다. 박상훈은 구멍이 난 철망을 손으로 우그러뜨리고 기어들어갔다.

"교육청 뒷문으로 들어왔어요. 제가 좀 둘러볼게요."

"그냥 몰래 들어가셨다고요? 걸리면 골치 아파질 텐데. 걸려도 그냥 혼자 들어간 걸로 하세요. 우리는 모르는 겁니다."

박상훈은 대꾸하지 않았다. 야산의 꼭대기에 가까워지자 그늘이 시작됐다. 꼬불거리며 위로 솟은 소나무가 만들어낸 그늘이었다. 소나무들이 박상훈을 내려다보았다. 발에 자꾸만 뭐가 걸렸다. 박상훈은 몇 번이나 넘어질 뻔했다. 덩굴이 점점 많아지더니 지윤서의 집에서 본 것 같은 덤불이 다시 나타났다. 크기 역시 비슷했다.

박상훈은 덤불이 만든 벽을 따라 걸었다. 빈틈이 없었다. 나뭇가지 하나가 한 명의 병사라면 이건 수백만 대군이 겹겹이 둘러싼 거나 다름없었다. 게다가 가시 돋친 날카로운 가지들이 벽을 만들고 있다. 박상훈은 벽을 돌면서 칼로 덤불을 툭툭 건드렸다. 건드릴 때마다 소리가 났다. 덤불 안쪽에서 뭔가 후드득 움직였다. 뭐야, 살아 있는 건가? 덤불은 무언가를 보호하기 위해 억세게 버티고 있는 것 같았다. 박상훈은 덤불 아래에서 콘크리트 파이프 하나를 발견했다. 파이프는 덤불의 중심 쪽으로 길게 뻗어 있었다.

박상훈은 무릎을 꿇고 콘크리트 파이프 속을 들여다보았다. 끝이 보이지 않는 어둠이 있었다. 깊이를 알 수 없었다. 어둠의 한가운데 더 깊은 어둠이 있었다. 무전기 끝으로 콘크리트 파이프를 툭 건드려보았다. 텅, 하고 속이 빈 소리가 났다. 발이 떨어지지 않았다. 파이프 속에 뭐가 있을지, 파이프 끝이 어디로 연결되어 있을지 알 수 없었다. 박상훈은 뒤로 물러서려다 어젯밤의 자신을 떠올렸다. 여기서 돌아섰다가는 또 후회하게 될 것이다. 어둠 속으로 들어가지 않고 시간을 허비한 걸 후회하게 될 것이다. 박상훈은 파이프 속으로 기어들어갔다.

차우영은 벽에 기댄 채 잠이 들었다. 두 팔을 무릎에 얹고, 고개를 떨어뜨린 자세였다. 곧 태양이 정수리를 비출 시간이었다. 가을이었지만 여전히 해가 따가웠다. 덩굴 한 줄기가 그늘에서 뻗어나와 차우영에게 다가가고 있었다. 그것은 뱀처럼 흐느적거리거나 이리저리 비틀거리지 않고 곧장 차우영을 향해 다가갔다. 덩굴에는 이파리가 여러 개 달려 있었고, 이파리 아래에 촘촘한 촉수가 뻗어나와 있었다. 언뜻 보면 지네 같은 절지동물이 천천히 기어나오는 모습 같았다. 첫번째 덩굴이 정찰을 끝냈다는 듯 덩굴 몇 줄기가 더 기어나왔다. 다섯 개의 덩굴이 천천히 차우영에게 다가갔다. 덩굴은 천천히 차우영의 몸을 기어올랐다. 덩굴 두 줄기는 차우영의 발목을 감쌌고, 나머지 줄기는 무릎을 타고 팔까지 올라갔다. 차우영은 아무것도 느끼지 못했다. 덩굴은 조심스럽게 움직였다. 덩굴 하나는 몸을 곧추세워 차우영의 얼굴 쪽으로 향했다.

덩굴의 이파리가 부드럽게 차우영의 얼굴을 감쌌다. 차우영은 눈을 떴다. 눈앞에 있는 이파리의 실체를 확인하는 순간, 그는 곧바로 정신을 잃었다. 덩굴 두 개는 발목을 붙들었고, 덩굴 두 개는 차우영의 허리를 단단히 감았다. 차우영의 몸이 덤불 속으로 천천히 끌려들어갔다. 굳건하게 닫혀 있던 덤불이 열리며 길을 만들었다.

박상훈은 어둠 속에서 눈앞을 가로막는 가시 돋친 덩굴을 쥐어뜯었다. 벌레에게 물릴 때처럼 손바닥이 따끔했다. 바닥에는 아무것도 없었지만 파이프 위쪽은 덩굴이 빼곡하게 들어차 있었다. 박상훈은 손을 뻗어서 잡히는 대로 쥐어뜯었다. 손바닥이 끈적거렸다. 혀로 핥아보았다. 피 맛이 났다. 계속 전진했다. 목덜미에 덩굴이 들러붙었다. 누군가 귀와 목을 물어뜯는 것 같았다. 박상훈은 고개를 흔들었다. 떨어지지 않았다. 차가운 이파리들이 목을 찰싹찰싹 두드렸다. 손바닥이 따끔거렸다. 파이프 위쪽에 난 작은 구멍으로 햇살이 잠깐 들었다가 다시 어두워졌다. 어느 순간 덩굴 덩어리가 앞을 가로막았다. 뜯어서 해결할 수 있는 정도가 아니었다. 다리에 경련이 일었다.

"이런 씨발 새끼들."

박상훈은 저도 모르게 욕을 내뱉었다. 오랜만에 해보는 욕이었다. 일단 욕을 하고 나자 더 심한 욕을 해주고 싶었다. 제 앞을 틀어막은 덩굴을 향해 욕을 내뱉고 싶었다. 멍청한 자신을 향해 욕을 하고 싶었다.

"씨팔, 해보자 이거지, 응? 누가 이기나 해보자 이거지? 그래, 찔러봐, 찔러보라고. 씨팔, 내가 돌아갈 거 같아? 응?"

욕을 할수록 몸에 힘이 들어갔다. 박상훈은 고개를 숙이고 몸을 둥글게 만들고 다리에 힘을 주며 밀어붙였다. 반항하는 덩굴의 힘이 만만치 않았다. 가지와 이파리 들이 거세게 저항했다. 덩굴은 스펀지처럼 박상훈의 힘을 흡수했다. 가지와 가시 들이 박상훈의 얼굴을 툭툭 건드렸다. 가지들은 여러 겹으로 쌓이면서 박상훈의 힘을 삼켰다. 박상훈은 욕을 하고 소리를 지르면서 밀어붙였다. 덤불이 뒤로 물러나는 것 같았지만 완전한 후퇴는 아니었다. 덩굴이 뒤로 조금씩 밀렸다. 박상훈은 계속 밀어붙였다. 입에서 나올 수 있는 모든 소리가 흘러나왔다. 힘이 빠지는 걸 느꼈지만 멈출 수 없었다. 힘을 빼면 덤불이 스프링처럼 튀어나오며 자신을 원래의 자리로 돌려보낼지 몰랐다. 이파리 하나가 코끝에 붙었다. 장난을 치는 것처럼 박상훈의 코끝을 간질였다. 재채기가 날 것 같았다. 코로 바람을 불었다. 이파리는 좀처럼 떨어지지 않았다. 박상훈의 몸에서 조금씩 힘이 빠지고 있었다.

　차우영은 덤불 속으로 끌려가면서 잠깐잠깐 정신이 들었다. 힘은 줄 수 없었지만 생각은 할 수 있었다. 덤불 사이로 하늘이 보였다. 덤불들이 구경하듯 차우영을 내려다보았다. 흙바닥은 우둘투둘해서 등이 계속 긁히는데도 차우영은 고통을 느끼지 못했다. 소리가 들렸다. 덤불 사이에서 이파리들이 빠른 속도로 움직이며 벌레 우는 소리를 냈다. 차우영은 그게 박수 소리 같다고 생각했다. 차우영은 이를 악물었다. 정신만 차리면 된다. 정신을 차리면 감각이 돌아올 거라고 믿었다. 덤불은 빠른 속도로 길을 옐었고, 차우영을 끌고 가는 덩굴의 속도도 빨라졌다.

차우영은 눈앞에 펼쳐진 광경을 믿을 수 없었다. 차우영이 끌려간 곳은 지름이 삼 미터 정도 되어 보이는 작은 공터였는데, 한쪽 구석에 여자 한 명이 누워 있었다. 여자의 몸 위에는 이파리가 가득 덮여 있었다. 차우영은 그 여자가 지윤서라는 사실을 직감으로 알았다.

지윤서 주위로 키가 일 미터쯤 되어 보이는 괴식물들이 우두커니 서 있었다. 괴식물들은 차우영을 구경하고 있었다. 차우영을 끌어들였던 덩굴은 괴식물과 연결되어 있었다. 괴식물은 마흔 그루도 넘었고, 좁은 자리에 촘촘하게 붙어 있었다. 서로 얽혀 있었고, 뿌리가 하나뿐인 것처럼 보이기도 했다. 차우영 때문에 움직임을 멈췄던 괴식물이 물이 끓는 듯한 소리를 내며 다시 움직였다. 차우영은 누워서 그 모습을 지켜보았다. 괴식물은 조직적으로 움직였다. 머리와 다리 쪽의 괴식물이 지윤서가 움직이지 못하도록 고정시켰고, 나머지 괴식물이 줄기를 뻗어서 지윤서의 몸을 휘감았다. 괴식물의 이파리에서 촘촘한 가시가 돋아나더니 그게 빨판이 되어 지윤서의 몸에 붙었다. 지윤서는 티셔츠와 트레이닝 바지를 입고 있었는데, 옷은 이미 갈기갈기 찢겨져 있었다.

가슴이 드러났고, 허벅지에는 긁힌 상처가 선명했다. 차우영은 뭔가 해야 한다고 생각했지만 몸이 움직이지 않았다.

괴식물은 지윤서의 몸에 빨판을 붙여 게걸스럽게 모든 걸 빨아들이고 있었다. 지윤서는 의식을 잃은 상태였다. 얼굴은 핏기 없이 하얬고 볼은 옴폭하게 패었다. 괴식물이 빨판을 떼면 지윤서의 몸에서 작은 핏줄기가 분수처럼 솟았다.

이건 마치 빨대 같다고, 차우영은 생각했다. 식물이 아니라 동물 같았다. 줄기는 해바라기보다 두꺼웠고, 아래로 늘어진 이파리는 동물의 팔다리를 보는 것 같았다. 차우영의 몸에 서서히 감각이 돌아왔다. 괴식물의 모든 관심이 지윤서에게 집중되어 있었다. 지윤서의 모든 걸 빨아들이고 나면 차우영의 몸으로 괴식물이 옮겨붙을 것이었다. 차우영은 누운 채 손가락을 까딱해보았다. 움직였다. 차우영은 두 발을 힘껏 당겼다. 덩굴이 끌려왔다. 두 팔로 다리에 얽힌 덩굴을 뜯었다. 손바닥이 아팠다. 덩굴 몇 개가 차우영의 얼굴로 달려들었다. 차우영은 그게 자신을 마취시켰음을 알았다. 차우영은 왼손으로 얼굴을 막고, 오른손을 마구 휘저었다.

박상훈은 콘크리트 파이프 안에서 마지막 힘을 다해 온몸을 밀었다. 야, 이, 개새끼들아, 욕을 하면서 밀고 나갔다. 병마개가 빠지듯 덤불이 통째로 파이프에서 빠져나가며 박상훈도 아래로 굴

러떨어졌다. 거기에서 차우영이 손을 젓고 있었다. 차우영도 박상훈을 보았다.

"칼, 칼 줘봐요."

박상훈이 차우영에게 칼을 건넸다. 차우영은 자신의 얼굴로 달려드는 덩굴을 칼로 내리쳤다. 덩굴이 하얀 수액을 뱉으면서 잘려나갔다. 덩굴이 모두 사라졌는데도 차우영은 계속 허공에 대고 칼을 휘둘렀다. 박상훈은 뒷걸음질하다 누워 있는 지윤서를 발견했다.

"윤서야!"

박상훈은 지윤서의 팔을 잡아당겼다. 꿈쩍도 하지 않았다. 박상훈이 팔을 잡아당기는 중에도 괴식물은 지윤서의 몸에서 계속 뭔가를 빨아들이고 있었다. 박상훈은 발로 괴식물의 덩굴을 걷어내보려고 했다. 덩굴이 오히려 박상훈의 발을 휘감았다.

"정신 차리고, 여기 좀 도와줘요."

박상훈의 말에 차우영이 정신을 차렸다. 차우영이 칼을 들고 괴식물을 향해 달려들었다. 괴식물은 박상훈을 넘어뜨리기 위해 덩굴을 잡아당겼지만 차우영이 덩굴을 잘라냈다. 차우영은 괴식물이 서 있는 쪽을 향해 칼을 휘둘렀다. 그사이 박상훈이 지윤서를 끌어냈다. 차우영도 한발 뒤로 물러섰다. 덤불이 박상훈과 차우영을 포위하고 있는 형국이었다.

"윤서야."

"살아 있어요?"

"네, 아직 숨을 쉬어요. 윤서야, 정신 차려봐."

"이런 좆같은 새끼들, 다 덤벼!"

"어떻게 된 거예요?"

"깜빡 졸고 있는데 이 새끼들이 날 끌고 왔어요. 정체가 뭐지,
이 새끼들?"

지윤서는 숨을 쉬고 있었지만 마치 죽은 사람 같았다. 차우영
은 사방을 둘러보다 괴식물 옆쪽에 있는 토끼의 시체를 보았다.
언뜻 봐서는 토끼처럼 보이지 않았다. 토끼는 백층 높이의 아파
트에서 떨어진 것처럼 납작해져 있었다. 두 개의 기다란 귀가 아
니었더라면 토끼인 줄도 몰랐을 것이다. 그것은 쥐포처럼 바싹
눌린 채 버려져 있었다. 그 옆에는 청솔모 시체도 있었다. 형체를
알 수 없는 다른 동물도 있었다.

"빨리 병원으로 가야 됩니다. 여기서 나가야 해요."

"들어오기도 좆나게 힘들었는데, 이젠 나갈 걱정을 해야 되네.
서울 한복판에서 이게 도대체 뭔 일이냐고."

"어떻게 나가죠?"

차우영은 휴대전화기를 꺼냈다. 신호가 잡히지 않았다. 박상훈
의 전화기도 마찬가지였다.

"한 시간만 있으면 사람들이 올 테니까 그때까지 버텨봅시다."

"빨리 병원으로 가야 해요."

"아저씨, 여기 한번 둘러봐요. 나갈 수 있겠는지."

사방의 덤불들이 화가 난 것처럼 몸을 곤추세우고 있었다. 괴식물에서 뻗어나온 덩굴은 빈틈을 노리며 바닥을 어슬렁거리며 기어다니고 있었다. 박상훈은 빨리 이곳을 벗어나고 싶었다. 여기서 몇십 미터만 기어나가면 도시였다. 박상훈은 멀리 까마득하게 펼쳐진 도시와 고층빌딩을 보았다. 박상훈은 방금 거기서 왔다. 박상훈은 돌아가고 싶었다. 조금 더 멀리까지 돌아갈 수 있다면 어젯밤으로 돌아가고 싶었고, 더 멀리 돌아갈 수 있다면 지윤서와 헤어지기 전의 도시로 돌아가고 싶었다. 박상훈의 눈에 괴식물이 들어왔다. 햇빛을 받은 괴식물은 연둣빛이 선명했다. 박상훈은 차우영에게서 칼을 뺏어들었다.

"뭐하는 겁니까?"

"난 나갈 겁니다."

"기다려요. 기다리면 곧 올 겁니다."

"나갈 겁니다."

박상훈은 칼을 꼭 쥐었다. 덤불을 자세히 살폈다. 덤불의 뿌리는 많지 않았다. 뿌리를 공격하면 빠져나갈 수 있을 것 같았지만 뿌리에 접근하는 게 쉽지 않았다. 덤불의 뿌리가 두꺼워 칼로 잘

라내기도 힘들 것 같았다. 박상훈은 어떻게든 나가고 싶었다. 박상훈은 덤불 가까이에 앉아서 빈틈을 찾고 있었다. 덤불 뒤에 숨어 있던 덩굴이 박상훈을 향해 달려들었다. 박상훈은 일어서면서 덩굴을 향해 정확히 칼을 휘둘렀다. 줄기가 두 동강 나고 이파리가 흔들리면서 박상훈의 코로 바질 향이 훅 풍겼다.

3개의 식탁,
3개의 담배

폭발음을 들으면서 2021394200은 우주를 생각했다. 그가 설치한 폭탄의 위력은 실로 어마어마한 것이어서 건물의 한 층을 송두리째 날려버린 후 그 파편을 우주 저 멀리 보낼 수도 있을 정도였다. 그는 파편이 우주로 날아가지 않기를 바랐다. 우주는 이미 복잡할 대로 복잡해져 있으니 더이상은 폐를 끼치고 싶지 않았다. 폭약을 조금 덜 쓸걸 그랬나 싶은 마음이 뒤늦게 들었다.

그는 자동차 안의 거울을 보았다. 두 블록 뒤쪽에서 검은 연기가 피어오르고 있었다. 가로가 긴 사각형 거울이었기 때문에 연기가 피어오르는 모습은 제대로 보이지 않았다. 2021394200은 거울을 시계방향으로 구십 도 회전시켜보았다. 그래도 연기의 꼭대기는 보이지 않았다. 어쩌면 파편이 이미 우주에 닿았는지도 몰랐다. 우주에 도착했다면 되돌아오긴 글러먹은 것이다. 행성의 룰은 되돌아오는 것이지만 우주의 룰은 떠도는 것이니까. 그는 내비게이션을 켜서 두번째 목표물의 주소를 입력했다. 한 시간이 면 도착할 수 있는 거리였다. 2021394200은 거울을 제자리로 돌 려놓고 액셀러레이터를 밟았다.

시속 이백 킬로미터로 고속도로를 달리던 도중 오후 다섯시를 알리는 알람이 울렸다. 2021394200은 손목시계를 바라보았다. 자신의 이름이 2021394199로 바뀌어 있었다. 그는 자신의 이름 을 소리내어 발음해보았다.

삼십구만사천백구십구.

단번에 세 개의 숫자가 바뀐 것이 마음에 들었다. 그는 숫자로 된 자신의 이름이 좋았다. 한 시간에 1씩 숫자가 줄어드는 게 좋 았다. 대부분의 사람들은 똑같은 이유 때문에 숫자로 된 이름을 싫어하지만 2021394199는 그 방식이 마음에 들었다. 숫자가 줄 어드는 것을 보고 있으면 자신의 신체 어딘가가 지워지는 듯한, 옅어지는 듯한 기분이 들었고, 얼음을 가득 채운 위스키가 점점 부드러워지는 것처럼 자신이 좀더 부드러운 존재가 되는 것 같았 다. 특별한 사고가 생기지 않는 한 그는 앞으로 삼십구만사천백

구십구 시간을 살게 될 것이다.

내비게이션 화면이 깜빡거렸다. 고속도로를 빠져나가라는 신호였다. 2021394199는 고속도로의 표지판을 확인한 후 오른쪽 길로 빠져나갔다. 도로 위는 안개로 가득했다. 뿌연 안개 속에는 붉은 자동차 헤드라이트 불빛뿐이었다. 휘어진 도로를 따라가는 게 힘겨울 정도로 앞이 보이지 않았다. 자동차의 안개등이 비치는 삼 미터 앞까지밖에는 볼 수 없었다. 허공에서 희뿌연 안개가 구름처럼 펄럭였다. 2021394199는 잠깐 눈을 감아보았다.

모든 곡선은 직선이야. 앞으로 나가기만 하면 돼.

다시 눈을 떴을 때는 안개가 더욱 짙어져 있었다. 서두를 필요가 없었다. 시간은 충분했다. 오늘밤 안으로만, 아침이 되기 전까지만 모든 작업을 끝내면 됐다. 작업을 하는 데는 안개가 짙은 편이 나을지 몰랐다. 2021394199는 길가에서 식당을 발견하고 차를 세웠다. 안개 속에서도 '커피'라는 네온사인 글자는 또렷하게 보였다. 간단한 식사와 커피를 파는 식당이었다. 불빛의 크기를 보고 작은 식당일 거라고 생각했지만 실내는 아주 넓었다. 서른 개 정도의 테이블이 있었고, 한쪽 구석에서는 술을 팔기도 했다. 손님은 스무 명 정도. 모두 안개를 피해 온 사람들이었다. 2021394199는 치킨샌드위치와 커피를 주문했다. 터무니없이 비싼 가격이었다. 그는 창가 자리에 앉았다. 창밖으로는 아무것도 보이지 않았다.

"아저씨는 어디까지 가세요?"

열여덟 살쯤 되어 보이는 여자아이가 그에게 물었다. 머리에는 낡은 야구모자를 쓰고 얇은 긴팔 후드티셔츠를 입고 있었는데 어찌나 몸이 말랐는지 옷걸이에다 옷을 걸어둔 것처럼 보였다. 2021394199는 감추어진 여자아이의 몸을 상상해보았다. 어깨와 쇄골 부분은 옷걸이가 대신하고 있고 척추와 갈비뼈 대신에 두꺼운 철사가 이리저리 얽혀 있는 몸을 상상했다. 그건 살아 있는 사람이 아니라 뼈만 남은 시체의 몸이었다. 야구모자 아래로 보이는 얼굴 역시 기괴하긴 마찬가지였다. 이마에서 턱까지 수십 개의 흉터가 이리저리 얽혀 있었다. 작은 촌충들이 스멀거리며 얼굴을 기어다니고 있는 듯했다. 아니면 그림 실력이 형편없는 누군가가 송곳으로 낙서를 해놓았든가. 왼쪽 뺨에는 십 센티미터 정도의 두꺼운 흉터가 세로로 패어 있었는데, 그 모습이 모든 흉터의 우두머리 같았다. 여자아이는 야구모자를 눌러썼다.

"넌 어디까지 가는데?"

"제가 먼저 물어봤어요."

"다른 사람들은 어디까지 가는데?"

"몰라요. 다 처음 들어보는 장소뿐이에요."

"네가 원하는 곳이 어디야?"

"아저씨가 먼저 얘기하세요. 내가 먼저 얘기하면 아저씨가 아무렇게나 다른 이름을 댈 수도 있잖아요."

"내가 왜 다른 이름을 대지?"

"저를 자동차에 태워주지 않기 위해서요."

"그럼 내가 왜 널 자동차에 태워야 하는데?"

"태워달라는 얘긴 하지 않았어요. 목적지가 같은 방향이라면 그때 태워달라고 말하겠죠."

"우린 아마 다른 방향일 거야."

"어째서요?"

식당의 여직원이 치킨샌드위치와 커피를 들고 왔다. 치킨샌드위치는 보기만 해도 입맛이 떨어질 정도였다. 식빵은 누렇게 변색되어 있었고, 그 사이에 낀 양상추는 녹색이 아니라 노란색에 가까웠다. 2021394199는 커피를 마셨다. 커피 맛도 형편없었다. 2021394199는 막대봉지에 든 설탕을 커피에 넣었다. 설탕이 새까만 커피 속으로 유성처럼 쏟아졌다. 그사이 여자아이는 2021394199의 건너편 의자에 앉았다.

"어째서 다른 방향일 거라고 생각하는 거예요?"

2021394199는 찻숟가락으로 커피를 저었다. 검은 수면에 동그란 파문이 일었다. 까만색 커피 한가운데 있던 하얀 거품이 어둠 속으로 빨려들어갔다.

"너 혹시 블랙홀 체험관에 가본 적 있니?"

"아뇨."

"모두들 블랙홀 체험관을 싫어하지만 난 한 달에 한 번 꼭 거길 가. 가보면 알겠지만 거긴 무시무시한 곳이야. 한번 가본 사람은 다신 안 가."

"왜요?"

"겁나니까. 겁나게 무서우니까. 아마 오줌이 찔끔 나올걸."

"아저씬 거길 왜 좋아하는데요?"

"거기엔 모든 게 있거든. 블랙홀로 빨려들어가는 순간 내 눈엔 별의별 것들이 다 보여. 죽음, 우주, 별, 탄생, 혼돈, 살인, 심지어 섹스하는 사람들까지 보여. 아니, 섹스하고 있는 내가 보여."

"오르가슴 같은 걸 느끼는 거예요?"

"그럴 수도 있고."

"나한테 그 얘길 왜 하는 거예요?"

2021394199는 여자아이의 손목을 가리켰다. 뼈밖에 남지 않은 손목에 커다란 시계가 덜렁거리고 있었다. 여자아이는 자신의 손목을 내려다봤다.

"너한텐 시간이 별로 없구나. 너도 그걸 알고 있고…… 얼굴의 흉터도 그 때문에 생긴 건지도 모르지. 억울해서, 화가 나서, 웃

고 있는 네 얼굴을 지워버리고 싶었을 거야. 하지만 멍청했어. 너
는 거울을 볼 때마다 그런 생각을 하겠지. 나는 죽는데, 나는 죽
는다, 나는 이제 곧 죽는다."

"다른 사람에 대해 함부로 얘기하지 마세요."

"블랙홀 체험관에 가보면 도움이 될 거야. 인생을 압축해서 체
험할 수 있으니까. 구질구질하게 오래 사는 것보다 그 편이 훨씬
나을 수도 있지."

"누가 죽는다고 그래요."

"난 시력이 좋은 편이야. 앞으로 백 시간 남았구나. 그 정도 시
간이면 뭐라도 할 수 있어. 이상한 아저씨와 시간을 낭비하지 말
고 남자친구랑 섹스라도 한번 더 하는 게 낫지 않겠냐."

"웃기고 있네. 뭔가 잘못돼서 그러는 거야."

"잘못된 건 없어. 그냥 네가 운이 없는 것뿐이야. 카드를 잘못
받은 거지. 혹시 섹스할 만한 상대가 없는 거냐? 남자친구가 없
으면 내가 소개해줄까?"

"난 안 죽을 거야."

"확실하게 말해줄게. 넌 죽을 거야. 물론 나도 죽을 거고. 차이
가 있다면 너한테는 백 시간이 남았고 나한테는 삼십구만사천백
구십구 시간이 남은 거지."

"개새끼."

여자아이는 탁자에 엎드려 울기 시작했다. 낡은 야구모자가 흔들렸다. 2021394199는 남은 커피를 모두 마셨다. 그가 일어서는 순간 손목시계의 알람이 울렸다. 오후 여섯시였다. 2021394198은 선 채로 여자아이를 내려다보았다. 여자아이의 몸은 더욱 작아 보였다. 웅크리고 있는 고양이 같았다.

"이제 구십구 시간 남았네. 축하해, 두 자릿수 진입을."

2021394198은 쟁반을 들고 쓰레기통 쪽으로 갔다. 손도 대지 않은 치킨샌드위치를 쓰레기통으로 밀어넣었다. 냅킨 한 장을 꺼내 손을 닦았다. 식당 문을 나서려는 순간 여자아이가 문을 가로막고 섰다.

"좋아요, 그럼 데려다주세요."

"어딜?"

"블랙홀 체험관."

여자아이 눈의 흰자위가 빨갛게 변해 있었다. 눈이 비정상적으로 커서 그 속에서 어떤 일이 일어나도 훤히 들여다볼 수 있을 것 같았다.

"미안하지만 난 그쪽 방향이 아냐."

"구십구 시간밖에 남지 않은 사람에게 그 정도도 못 해줘요?"

"네가 지금부터 걷기 시작하면 구십구 시간 안에는 충분히 도착할 거야."

138

"시간을 아껴야죠."

"난 지금 꼭 가야 할 곳이 있어. 네 시간이 아무리 소중해도 내 방향을 바꿀 순 없어. 내가 거길 들렀다가 블랙홀 체험관에 가면 적어도 세 시간은 낭비하는 거야. 너의 두 시간, 나의 한 시간. 그래도 내 차에 탈 거야?"

"물론이죠. 걷는 것보다는 빠르니까."

"다른 차를 얻어타는 게 제일 빠른 방법일 것 같은데."

"아뇨. 전 아저씨가 말하는 방식이 마음에 들어요."

2021394198은 괜찮을 거라고 생각했다. 구십구 시간밖에 살지 못하는 여자아이를 차에 태운다고 해서 작업에 문제가 생길 것 같지는 않았다. 여자아이에게는 오히려 좋은 경험이 될지도 몰랐다. 여자아이가 죽은 다음에 어떤 세계로 갈지는 알 수 없지만 모든 경험은 어떤 방식으로든 도움이 될 것이다. 2021394198은 안개 짙은 거리로 나섰다. 안개는 더욱 짙어진 것 같기도 했고, 옅어진 것 같기도 했다. 안개의 농도가 균일하지 않았다. 그는 천천히 액셀러레이터를 밟았다. 99는 모자를 눌러썼다.

"이거 피워도 돼요?"

99는 대시보드 위에 놓인 담배를 가리켰다. 작은 천조각에 담배 두 개비가 나란히 놓여 있었다. 2021394198은 주머니에서 담배를 꺼내 99에게 건넸다. 그리고 오른손 검지로 시가잭을 가리켰다.

"아저씨는 안 피워요?"

"난 작업할 때 외에는 안 피워."

"무슨 작업인데요?"

2021394198은 아무 말도 하지 않았다. 99도 더이상 묻지 않았다. 99가 내뱉은 담배연기가 안개에 뒤섞였다. 99는 시디플레이어를 켰다가 다시 껐다. 피아노 소리와 어떤 남자의 목소리가 잠깐 나타났다가 사라졌다. 안개가 점령한 길은 어디나 똑같아 보였다. 노란 차선, 불빛에 드러난 검은 아스팔트, 뿌연 공기가 전부였다. 안개 때문에 목적지에 이십 분이나 늦게 도착했다.

"잠깐만 기다려. 한 삼십 분쯤 걸릴 거야."

"작업하시는 거예요?"

"응."

"여기, 담배."

99는 천조각에 놓여 있던 담배 한 개비를 건넸다. 2021394198은 웃으며 담배를 받아들었다.

"담배를 피우고 싶으면 조수석 앞 글러브박스에 있는 걸 피워. 구십구 시간 일찍 죽고 싶으면 저 담배를 피워도 상관없지만."

"어떻게 되는데요? 독약 같은 게 들어 있어요?"

"비밀을 알아내는 재미를 내가 뺏을 수는 없지."

자동차 문이 닫히자 99는 시디플레이어를 켰다. 사라졌던 피아노 소리와 남자의 목소리가 다시 나타났다. 전조긱에 놓인 담배 하나를 손가락으로 쓰다듬어보았다. 득별한 담배 같지는 않았다.

2021394198은 담배를 셔츠 왼쪽 주머니에 꽂고 주머니에 있던 가죽장갑을 낀 다음 깍지를 껴서 장갑을 손에 꼭 맞게 만들었다. 그리고 집 쪽으로 걸어갔다. 그의 움직임은 간결했다. 걸을 때도, 낮은 울타리를 뛰어넘을 때도, 벽을 타고 3층의 창문으로 들어갈 때도 움직임을 낭비하지 않았다. 그에게는 장애물을 파악하는 천부적인 재능이 있었다. 그의 뇌에는 세상의 모든 장애물이 표시된 지도가 들어 있었다. 그는 모든 장애물을 피해 건물 내부로 들어갔다. 실내는 행성의 그늘만큼 어두웠다. 2021394198은 눈을 감고 가슴에 붙어 있는 스위치를 작동시켰다. 작은 라디오 스위치였다. 양쪽 소매에 붙어 있던 소형 스피커에서 윙, 하는 소리가 흘러나왔다. 소리는 공기를 가로지르고 사방으로 퍼져나갔다가 벽에 부딪친 후 다시 돌아왔다. 그는 반사된 소리를 들으면서 실내의 크기와 장애물들의 위치를 알아냈다. 가구가 많지 않은 집이었다. 대부분의 소리들이 매끄럽게 되돌아왔다. 그는 앞으로 조심스럽게 걸으면서 장애물의 위치를 파악했다. 어둠 속에서 어떤 물체가 움직였다. 2021394198은 멈췄다. 그가 멈췄는데도 공기가 흔들렸다. 어둠 속에서 무엇인가 그를 향해 다가왔다.

손목시계의 알람 소리가 어둠을 흔들었다. 손목시계의 숫자가 2021394197로 바뀌었다. 그는 몸을 뒤틀며 칼을 피했다. 그리고 오른손으로 상대방의 관자놀이를 정확히 찔렀다.

노엘-42는 양손이 뒤로 묶인 채 깨어났다. 밝아진 게 못마땅한지 눈과 코와 입을 찌푸렸다. 빛이 그의 온 얼굴을 뒤덮었다. 2021394197은 집 안을 돌아다니며 모든 전등의 스위치를 켰다. 집 안에는 가구가 거의 없었기 때문에 2021394197이 걸을 때마다 발소리가 크게 울렸다. 안방의 전등 두 개, 거실의 전등 두 개, 드레스룸의 전등 한 개, 작은 방의 전등 한 개, 부엌의 전등 두 개, 베란다의 전등 한 개를 모두 켰다. 바닥의 먼지와 발자국과 짧은 머리카락 들이 선명하게 보였다.

"어떻게 생각하실지 모르겠지만, 저는 이렇게 식탁 전등을 길게 내려뜨리는 스타일이 마음이 들지 않습니다. 식탁과 음식은 밝아 보일지 모르지만 전등갓 위쪽은 지나치게 어두워지잖습니까. 저는 전등갓 위쪽의 어둠을 바라볼 때마다 깜짝깜짝 놀라거든요."

2021394197은 손을 뻗어 전등갓 위의 먼지를 닦아냈다. 먼지는 많지 않았다. 노엘-42도 전등갓 위쪽의 어두운 곳을 바라보았다. 다른 불빛이 많아서 전등갓 위쪽이 어두워 보이지는 않았다. 노엘-42의 얼굴은 하얗게 질려 있었다.

"날 죽일 겁니까?"

"아뇨. 그러지는 않을 겁니다. 그냥 간단하게 깁만 폭파시킬 겁니다."

"나는 어떡하고요?"

노엘-42는 뒤로 묶인 두 손에 힘을 주어 똑바로 앉았다. 눈자위가 빨갛게 변해 있었다. 눈물도 조금 맺혀 있었다.

"내가 어떻게 하면 살 수 있을까요?"

"죄송합니다. 타협이나 거래 같은 건 하지 않습니다."

"돈 같은 것도 필요없어?"

"충분히 가지고 있습니다."

"BT도 당신이 죽였지?"

"네."

"토드는?"

"여기 일을 끝내고 마지막으로 들를 겁니다."

2021394197은 식탁 의자에 앉아 셔츠 왼쪽 주머니에서 담배를 꺼냈다. 바지 주머니에서 성냥을 꺼내 불을 붙였다. 한 모금을 깊게 빨아들인 다음 눈을 감고 길게 연기를 내뱉었다.

"담배가 다 타는 데 일 분 정도 걸릴 텐데, 그동안 이야기를 들어드리겠습니다. 남기고 싶은 말이 있으면 하십시오."

"당신한테 일을 시킨, 그 빌어먹을 놈한테 이렇게 전해. 우리를 없앤다고 진실까지 덮을 수는 없다고. 언젠가는 그 프로젝트가 세상에 알려질 거고, 그때가 되면……"

"죄송합니다. 저는 전해드리지는 못합니다. 그냥 들어드릴 뿐이에요."

"그게 무슨 의미가 있어?"

"무슨 의미가 있느냐뇨?"

"당신이 전하지 않으면 내가 무슨 말을 하다 죽었는지 아무도 모를 텐데, 그게 무슨 의미가 있냐고?"

"그렇게 생각하신다니 유감입니다. 저는 큰 의미가 있다고 생각합니다. 마지막 대화를 나누는 것이니까요."

"대화 같은 건 필요없어."

"그러면 제가 얘기를 하죠. 시간이 조금 남았으니까요. 지금은 힘드실 겁니다. 죽음의 공포란 무섭죠. 압니다. 저도 그런 공포를 많이 겪었습니다. 제 일의 특성상 삶과 죽음을 자주 넘나들다보니 저에게는 이상한 병이 생겼습니다. 우주증후군이라는 건데, 들어보셨는지 모르겠습니다. 하루에 한 번씩 우주증후군이 밀려옵니다. 시작은 이렇습니다. 제가 갑자기 저를 빠져나와요. 일종의 유체이탈 같은 거죠. 빠져나와서는 지구를 벗어나고 은하계를 벗어나고 또 먼 우주를 벗어나서 어디론가 아주 멀고 크고 가늠할 수 없는 곳으로 사라집니다. 먼지보다도 작고 작은, 상상할 수 없을 정도로 작은 존재가 되는 거죠."

2021394197은 입술로 담배를 물고 연기 한 모금을 뱉은 다음 양손을 벌려 커다란 우주를 묘사했다. 노엘-42는 벽에 등을 기대고 어디에도 눈의 초점을 맞추지 못한 채 천장을 보고 있었다.

"그다음이 멋진데요. 갑자기 어디서부턴가 줌인이 되기 시작해요. 밖으로 빠져나갔던 제가 엄청난 속도로 현재의 나 속으로 빨려들어가는 겁니다. 놀이공원의 프리드롭보다 더 빨리 지구 속으로 떨어지는 거예요. 항성과 행성과 우주의 먼지와 태양과 달이 빠른 속도로 제 곁을 지나갑니다. 빠져나갔던 반대순서로 모든 게 보여요. 하느님의 고성능 카메라로도 그 정도 줌인은 못 할 거예요. 어찌나 빠른지 처음에는 먹은 걸 모두 토했을 정도니까요."

"죽어서라도 복수할 거야."

"제 생각에 죽는다는 건 그냥 줌아웃되는 게 아닐까 싶어요. 아득히 멀어지는 거죠. 고통스럽지는 않고, 그저 모든 게 멀게 느껴지는 거 말이에요. 부디 편하게 가시길 바랍니다."

2021394197은 피우던 담배를 식탁 전등갓 위에 올려두었다. 담배가 끝까지 타들어가면 필터에 든 폭약에 불이 붙을 것이다. 폭약은 이 집의 모든 것을 창밖으로 밀어낸 다음 허공에서 폭발할 것이다. 그리고 이 집의 모든 것을 아주 높이, 우주에 닿을 정도로 높이 솟구쳐오르게 할 것이다. 담배 폭약의 장점은 그 층에 있는 사람을 빼고는 누구도 해치지 않는다는 것이다.

2021394197은 계단을 걸어내려온 다음 자동차로 갔다. 차 문을 열면서 노엘-42의 집이 있는 3층을 보았다. 3층 전체가 환했다. 어둠 속에 펼쳐놓은 사각의 치즈케이크처럼 환한 빛이 밖으로 새어나왔다. 안개는 모두 걷혔고, 바람이 선선했다. 하늘이 맑아지고 있었다.

"작업은 잘 끝났어요?"

조수석에 앉아 있던 98이 물었다.

"잘 끝나고 말고 할 게 없지."

2021394197은 액셀러레이터를 밟았다. 삼백 미터쯤 전진했을 때 바닥이 흔들리면서 굉음이 들렸다. 새하얀 빛이 사방에 퍼졌고, 멀리서도 불꽃이 일렁이는 게 보였다. 몇 초 후 2차 폭발음이 들렸다. 공중에서 몇 줄기 빛이 폭죽처럼 사방으로 퍼졌다.

"우와, 멋져요! 저거 아저씨가 한 거 맞죠?"

98은 고개를 돌려 불타는 건물을 바라보았다. 붉은 덩어리가 아래로 뚝뚝 떨어졌다.

"멋진 일은 아니야. 사람이 죽는 거니까."

"죽을 만한 사람이었겠죠."

"왜 그렇게 생각하니?"

"아저씨처럼 말하는 사람이 무턱대고 아무나 죽이지는 않을 거니까요."

"편견이 심하구나."

"근거가 있는 편견들이죠."

"세상에 죽을 만한 사람은 없어."

"모든 사람은 죽을 만해서 죽는 거예요. 저처럼."

"그저 운이야. 나는 운이 좋은 편이고, 너는 운이 없는 편이고."

"일찍 죽는 게 운이 좋은 걸 수도 있죠."

"정말 그렇게 생각하니?"

"아뇨, 아니에요. 어디로 가는 거예요?"

"블랙홀 체험관."

"일이 다 끝났어요?"

"아니. 네 시간을 더 뺏고 싶지 않아서."

"전 괜찮아요."

"나도 블랙홀 체험관에 가고 싶어졌어. 여덟시 삼십분이면 문을 닫으니까 지금 출발해야겠다."

2021394197은 내비게이션을 켜고 목적지에 블랙홀 체험관을 입력했다. 그리고 자동운행장치를 켰다. 잠깐이라도 눈을 감고 싶었다. 너무 환한 빛을 보고 나면 언제나 눈이 피곤했다. 주위가 환해지는 폭파장치 말고 온 세상이 어두워지는 폭파장치가 있다면 큰돈을 들여서라도 구입할 작정이었다. 2021394197은 반경 몇 킬로미터의 공간이 완벽한 암흑으로 바뀌는 폭파 장면을 상상해보았다. 단 한 점의 빛도 보이지 않는 어둠 속에서 모든 것이 소멸해가는 것이다. 그는 차창을 내리고 눈두덩에 차가운 바람이 닿게 했다. 바람이 동그란 눈알을 지그시 눌렀다. 98 역시 차창을 열고 모자를 조금 들어올린 다음 바람에 눈을 갖다댔다. 양쪽 창문으로 들어온 바람이 차내에서 부딪쳐 뒷자리로 흘러갔다. 두 사람은 의자를 뒤로 젖히고 누웠다. 바람이 코끝을 지나갔다. 2021394197은 선루프를 열었다.

"이렇게 있으니까 함께 침대에 누워 있는 것 같아요."

"다음 장면은 내가 오른쪽으로 한 바퀴 구른 다음 너에게 키스하는 거고?"

"혀를 거절할 생각은 없어요."

"키스하려다가 네 야구모자에 이마 부딪칠 걸 생각하니 벌써 창피해지는데."

"제가 모자를 벗으면 키스하고 싶은 마음이 싹 사라질걸요."

"지금도 키스하고 싶은 마음은 없어."

"삶이 구십팔 시간밖에 남지 않은 아이에게 자비를 베푸는 건 어때요? 구세군 냄비에 동전 넣는 기분으로 혀를 넣어보세요. 지폐면 더 좋겠지만."

"그런 식으로 말하면 기분이 좋아지니?"

"아뇨, 별로예요. 제가 유혹하면 넘어가주실 거예요?"

"아마 아닐걸."

"모자를 벗어도?"

"옷을 벗는 것보다는 낫겠네."

어두운 하늘로 작은 불빛 하나가 천천히 지나갔다. 불빛은 반딧불처럼 계속 깜빡이며 움직였다. 느린 속도로 어둠 속에다 선을 긋고 있었다. 비행기인지 유성인지 알 수 없었다. 2021394197의 눈동자는 불빛을 따라 움직였다.

블랙홀 체험관의 마지막 입장 시간은 여덟시였다. 2021394197과 98은 여덟시 일 분 전에 블랙홀 체험관에 도착할 수 있었다. 표를 끊고 돌아섰을 때 두 사람의 시계에서 알람이 울렸다. 2021394197은 2021394196으로, 98은 97로 바뀌었다.

"시계가 너무 정확하니까 얄밉지 않아요?"

"넌 시간이 많지 않다는 걸 언제 처음 알게 됐니?"

"열다섯 살 생일에 아빠에게 들었어요. 이 시계를 선물로 주더니 아빠가 울기 시작했어요."

"많이 울었어?"

"아빠요, 나요?"

"너."

"그때는 실감이 나지 않았죠."

"언제 실감이 났어?"

"지금도 실감이 나지는 않아요. 가끔 메갈로시티의 라이프 컨트롤센터를 부숴버리고 싶은 생각이 들 때 말고는 대체로 평안해요."

"컨트롤센터를 부숴버린다고 해결되는 문제는 아니지."

"알죠. 그래도 누군가에게 화풀이하고 싶은 마음이 들 때가 있잖아요."

"그럼 어떻게 해결해?"

"폭죽을 쏴요."

"사람을 향해 쏘는 건 아니지?"

"하느님이 사람이고, 저 위에 산다면, 사람에게 쏘는 거죠. 처음에는 폭죽이 터지는 소리를 들으면 마음이 후련해졌어요. 그런데 이젠 너무 익숙해져서 소리는 들리지 않고 불꽃이 사방으로 퍼져나가는 모습만 바라봐요."

"아름답지."

"네, 아름다워요."

블랙홀 체험관 입구에 도착하자 안내원이 두 사람에게 입체안경을 건넨다. 한쪽은 빨강, 한쪽은 녹색 셀로판지가 붙어 있는 조잡한 안경이었다.

"완전 구식이네."

"구식이 더 좋을 때도 있는 법이야."

두 사람은 안경을 쓰고 이 인용 소형열차에 있었다. 에어백이 장착된 안전틀을 내리자 열차가 출발했다. 2021394196은 입체안경을 썼다. 97도 안경을 썼다. 열차는 곧 어두운 터널로 들어갔다. 어둠 속에서 먼지보다 가느다란 빛들이 반짝였다. 터널 속은 수많은 빛으로 가득 차 있었다. 우주의 입구 같았다. 열차는 천천히 앞으로 나아갔다.

"아무런 변화가 없잖아요."

"기다려봐."

"한참 기다린 것 같은데."

"더 기다려야 해."

"지루해요."

"지루한 게 우주야."

"오르가슴을 느낀다더니 이런 식으로 느끼는 거예요? 아저씨 변태죠?"

"기다리면 알게 될 거야."

수많은 빛은 아무런 변화가 없었다. 입체안경에 비친 먼지 같은 빛들은, 입체적으로 보이긴 했지만 움직이지는 않았다. 그저 조금씩 반짝일 뿐이었다. 열차는 그 속을 천천히 지나갔다. 걸어가는 것보다 느린 속도로 움직였다.

"중간에 내려도 돼요?"

"우주 미아로 살아도 상관없다면."

"실제 우주가 아니잖아요."

"실제 우주가 아닐까? 확실해? 확신할 수 있어?"

"그럼 여기가 실제 우주란 말이에요?"

"그건 나도 모르지."

"내릴래요."

"조금만 더 참아봐."

열차가 조금 빨라졌다. 점점 빨라졌다. 97은 더이상 투덜대지 않았다. 2021394196은 안경을 고쳐썼다. 열차가 공중으로 떠올랐다. 안경에 비친 풍경은 여러 겹의 우주였다. 공간 속에 또다른 공간이 있었고, 축구공처럼 보이는 사각형이 있었고, 바닥과 천장이 붙어 있었고, 시간은 어디에도 보이지 않았다. 97은 바닥을 보려고 고개를 숙였지만 소용이 없었다. 바닥과 천장은 이미 사라지고 없었다. 97은 오른손으로 안경을 벗었다. 그리고 다시 써보았다. 안경을 쓰고 있는 편이 더 나았다. 안경을 벗으면 모든 것이 평면적이어서 오히려 더 어지러웠다. 열차가 어딘가의 모서리를 돌았다. 그리고 작은 점으로 빨려들어가기 시작했다. 97은 자신의 눈을 믿을 수 없었다. 가까이 다가갈수록 점은 점점 작아졌다. 97은 안경을 벗고 싶었지만 열차가 너무 빨라 안전틀에서 손을 뗄 수가 없었다. 마지막 순간, 97은 눈을 감았다.

"이땠어?"

"끝난 거예요?"

"눈을 감았지?"

"어떻게 알았어요?"

"나도 처음엔 눈을 감았으니까."

"눈을 감으면 안 되는 거였어요?"

"안 되는 건 없어. 점점 익숙해지는 거지."

"자주 와야겠네요."

"맘에 들어?"

"구식이고, 엉터리 같은데다 조잡하기까지 한데, 마음에는 들어요."

"다행이다."

"한번 더 탈래요?"

"우리가 탄 게 마지막이었잖아."

"맞다."

97의 눈앞에 작은 점이 어른거렸다. 자꾸만 그 속으로 빨려들어갈 것 같아 오른손으로 허공을 휘휘 내저었다. 수많은 점들이 97의 눈앞에 잔영으로 남아 있었다. 2021394196과 97은 블랙홀 체험관 뒤쪽의 공원으로 갔다. 두 사람 모두 차를 탈 기분이 아니었고, 말을 할 기분도 아니었다. 온몸의 힘이 다 빠져버린 것 같기도 했고, 어디선가 힘을 얻은 것 같기도 했다. 100이 된 것 같기도 했고, 0이 된 것 같기도 했다. 두 사람은 공원의 작은 길을 계속 걸었다. 2021394196이 2021394195가 될 때까지, 97이 96이 될 때까지, 계속 걸었다.

문자메시지 수신음이 울렸다. 2021394195는 휴대전화기를 꺼내 메시지를 확인했다. 미간을 찌푸리며 폴더를 닫았다.

"무슨 일 있어요?"

"아니, 작업에 대한 얘기야."

"작업에 무슨 일이 생겼나보네요. 아저씨 표정이 무서워졌어요."

"네가 상관할 일이 아니지. 자, 그럼 여기서 헤어질까? 블랙홀 체험관이 너의 최종 목적지였으니까."

"아저씨한테 하나만 더 부탁하면 안 돼요?"

"안 될 거야. 너 때문에 시간을 많이 낭비했으니까."

"시간이 들지 않는 일이에요."

"세상에 그런 일은 없어."

"우주가 보고 싶어졌어요."

"보고 왔잖아, 지금."

"진짜 우주요."

"나한테 뭘 부탁하고 싶은 건데?"

"우주로 보내주세요."

"내가 어떻게?"

"아저씨는 그냥 폭죽을 터뜨리면 돼요. 제가 알아서 우주로 갈 게요. 아저씨는 따로 시간을 낼 필요가 없잖아요. 그게 아저씨 하는 일이니까."

"우주로 가고 싶다면, 지금 당장 화성 목성 패키지투어 신청하는 곳에 가봐. 너를 죽이고 싶지는 않아."

"구십육 시간 남은 사람에게 우주여권이 발급될 것 같아요?"

"돈이 있으면 뒷구멍으로 들어갈 길이 있을 거야."

"뒷구멍으로도 구십육 시간 안에는 못 들어갈걸요."

"시간 낭비하지 마. 부탁을 들어주는 일은 없을 거야."

"시간 낭비는 아니에요. 만약 아저씨가 제 부탁을 들어주지 않으면, 저는 당장 공중전화로 갈 거예요. 아저씨의 차 번호와 인상 착의를 경찰에 얘기한 다음 지금 막 세번째 살인이 일어날 예정이라고 할 거예요."

"믿지 않을 거야."

"절 믿으세요. 경찰이 믿게 만들 거예요."

"치사한 방법인데."

"방법은 중요하지 않다고 생각해요."

"지금 이 자리에서 널 죽일 수도 있어."

"아저씨는 그럴 사람이 아니에요. 사람을 죽일 때에도 절차와 방법을 중요하게 생각하는 사람일 거예요."

"방법은 중요하지 않다고 생각해."

"좋아요, 그럼 마음대로 하세요."

2021394195는 96을 내려다보았다. 96은 눈을 감았다. 그러고는 운전석 쪽의 차 문을 가로막고 섰다. 죽기 전에는 움직이지 않을 기세였다. 2021394195는 양손으로 96의 허리를 감싸고 들어올렸다. 그리고 간단하게 옆으로 옮겼다. 자동차에 타서 시동을 켰다. 내비게이션에다 마지막 작업 대상의 주소를 입력했다. 96은 조수석으로 뛰어가 문을 열었다. 올라타서 안전벨트를 맸다. 2021394195는 96의 행동을 막지 않았다. 아무 말도 하지 않았다. 액셀러레이터를 밟고 차를 출발시켰다.

"기분 나빴다면 죄송해요."

"그렇게 죽고 싶어하는데 원하는 대로 해줄게."

"구십육 시간이 남은 걸 아는 사람에게 죽는 건 하나도 중요하지 않아요."

"그럼 뭐가 중요한데?"

"질문이요."

"어떤 질문?"

"어떤 질문이든 상관없어요. 답은 이미 다 알고 있으니까 저한테 필요한 건 질문이에요. 구십육 시간이 저에겐 답이에요. 질문을 알고 싶어요."

"저 위에 질문이 있을 것 같아?"

"모르죠. 여기엔 확실히 없는 것 같아요. 아까 블랙홀 체험관에서 그걸 느꼈어요."

다시, 문자메시지 수신음이 들렸다. 2021394195는 메시지를 확인하고 폴더를 닫았다. 액셀러레이터를 밟아 속도를 높인 다음 자동운행모드로 바꿨다. 내비게이션에서 빨간 불이 깜빡였다. 도착지점에 가까워지고 있다는 표시였다. 2021394195는 셔츠 왼쪽 주머니에 담배를 넣었다. 주머니에 있던 가죽장갑을 꺼냈다. 양손을 깍지껴 장갑을 꽉 맞게 했다. 양손을 쥐었다 폈다 했다.

"마지막으로 남기고 싶은 말이 있으면 해."

"없어요."

"가족들에게 할 얘기 없어?"

"오늘 외박할 거예요. 기다리지 마세요."

"친절하네."

"농담이에요. 진지하시긴."

"마음이 바뀌면 소리를 질러. 내가 듣고 있을 테니."

"우주에 전할 말 없어요?"

"없어. 도착했다. 내 뒤만 잘 따라와."

2021394195는 천천히 앞으로 걸어갔다. 빠른 속도는 아니었지만 망설임은 없었다. 96이 잘 따라올 수 있도록 천천히 걷고 있었다. 96은 그 뒤를 바짝 따라갔다. 나선형 비상계단을 잡고 옥상까지 올라갔다. 목표물은 3층이었다. 2021394195는 3층과 함께 옥상까지 우주로 날려보내려면 폭약을 조금 더 써야 할지 모르겠다고 생각했다. 그는 주위를 둘러보고 텔레비전 안테나를 가리켰다.

"저걸 붙들고 있으면 꽤 멀리까지 갈 수 있을 거야."

"건물에 있는 다른 사람도 다 죽이는 거예요?"

"아니, 목표물과 너만 우주로 날려버리는 거야."

"목표물은 어떤 사람이에요? 우주로 날아가다 만나면 인사라도 해야겠네."

"조심해서 잘 가라."

2021394195는 오른손을 내밀었다. 96은 웃으면서 손을 붙잡았다.

"만나서 반가웠어요. 그리고, 시계 좀 맡아줄래요? 아직 구십육 시간은 더 살아 있을 수 있는 시계인데 아깝잖아요. 이것도 가지세요."

96은 시계와 함께 야구모자를 벗어서 건넸다. 얼굴의 상처가 달빛 아래서 꿈틀거렸다. 모자를 쓰지 않은 모습은 처음이었지만 2021394195는 그 모습이 낯설지 않다고 생각했다. 2021394195는 시계를 받아 주머니에 넣었다. 시계 초침의 작은 진동을 손가락 끝으로 느낄 수 있었다. 야구모자는 구겨서 뒷주머니에 넣었다. 그는 서둘러 아래층으로 내려갔다.

3층 창문은 어두웠다. 그 속에 뭐가 들어 있을지 알 수 없었다. 2021394195는 손가락으로 창문 아래쪽을 툭 건드렸다. 작은 구멍이 뚫렸다. 구멍으로 철사를 넣어 간단히 창문을 열었다. 2021394195는 가슴의 스위치를 작동시켰다. 소형 스피커에서 소리가 들렸다. 소리들이 방 안으로 침투했다. 구석구석을 헤집고 돌아다닌 다음 그의 귀로 돌아왔다. 방 하나에서 누군가 움직이고 있었다. 2021394195는 조심스럽게 주방으로 내려섰다. 창문을 통해 들어온 빛이 바닥에 그림자를 만들었다. 주방 한가운데를 지날 때 차가운 무언가가 2021394195의 오른쪽 발목을 스쳐 갔다. 2021394195는 오래전 얼음물에 발을 담글 때와 비슷한 느낌이라고 생각했다. 얼음물에 발을 넣었을 때도 발은 시리지 않았다. 물과 공기의 경계선인 발목만 유독 시렸다. 2021394195는 중심을 잃고 쓰러졌다. 그가 쓰러지자 주방 불이 켜졌다. 잘려나간 그의 발이 식탁 아래쪽에 놓여 있었고, 그 위로 피가 솟구쳤다. 그의 다리에서도 피가 뿜어져나왔다.

"환영식 치고는 너무 거창했나? 앵클 커터의 위력이 생각보다 대단하네."

토드는 주방 입구에 서서 2021394195에게 총을 겨누었다. 주머니에서 리모컨을 꺼내 앵클 커터의 스위치를 껐다. 음악 시디처럼 생긴 앵클 커터는 허공에서 몇 바퀴를 더 회전하더니 바닥으로 내려앉았다.

"앵클 커터는 기계에 부딪치는 모든 소리를 그냥 통과시키지. 당신이 아무리 소리에 민감해도 그건 알아차리지 못했을 거야."

"바닥 청소하려면 고생깨나 해야겠군요."

"그런 걱정까지 다 해주다니 고마워. 총이나 이리 던져."

2021394195는 주머니에 있던 소형 총을 토드 발밑으로 던졌다.

"마지막으로 하고 싶은 말이 있으면 해봐."

"담배 한 대 피우고 가도 될까요?"

"저런, 미안해서 어쩌나. 며칠 전에 담배를 끊어버렸는데."

"내 주머니에 한 개비가 남아 있을 겁니다."

"하, 나를 바보로 아는 거야 뭐야. 그따위 속임수에 넘어갈 거 같아?"

토드는 식탁에 놓아두었던 스캐너로 2021394195의 몸을 위아래로 훑었다. 소형 LCD 창에 '안전' 표시가 깜빡였다. 주머니 속의 리모컨을 꺼내 앵클 커터를 다시 작동시켰다. 작은 원반이 회전하더니 발목 높이로 떠올랐다. 토드는 바닥의 총을 집어든 다음 한 발짝 뒤로 물러섰다.

"혹시 한쪽 발로 움직여볼 생각이라면 포기해. 네가 일어서는 순간 앵클 커터가 달려들 거니까."

"담배 한 대 피우면 그만입니다."

"좋아, 이제 마지막 시간을 즐기라고."

2021394195는 비스듬히 누운 채 셔츠 왼쪽 주머니에서 담배를 꺼냈다. 그리고 불을 붙였다. 연기를 길게 내뿜었다. 피냄새와 담배연기가 뒤섞여 방 안을 가득 메웠다. 토드는 스캐너를 들고 담배연기도 체크했다. 안전 표시가 여러 번 깜빡였다. 토드는 2021394195에게 총을 겨눈 채 식탁 의자 하나를 끌어다 앉았다. 그리고 입꼬리를 씰룩였다.

"담배 참 맛있게 피우네. 하긴, 마지막 담배 맛은 기가 막히지."

"혹시 우주증후군이라고 들어본 적이 있습니까?"

"여유 있네, 죽는 마당에 퀴즈도 내고. 그게 뭔데?"

"어느 순간 나 자신이 우주 끝으로 날아가버리는 듯한 착각이 드는 겁니다."

"우주 끝이 어딘데?"

"저도 알 수 없지만 우리가 상상하고, 상상하고, 상상할 수 있는 것보다 더 상상할 수 없을 정도로 먼 곳입니다."

"어지럽겠네."

"어지러운 정도가 아니겠죠."

담배가 필터 가까이까지 타들어갔다. 담배연기를 내뿜으며 식탁 전등갓 위 어두운 곳을 물끄러미 올려다보았다. 2021394195는 자신의 발목을 내려다보았다. 붉은 피가 흥건했지만 발목의 단면을 자세히 볼 수 있었다. 아주 깔끔하게 잘려 있었다. 이름의 숫자가 줄어들듯 몸의 한 부분이 사라졌다고 생각하니 마음이 편했다. 주머니에서 시계의 알람 소리가 들렸다. 손목시계에서도 알람이 울렸다. 2021394195는 주머니에서 시계를 꺼냈다. 95로 바뀌어 있었다. 손목시계도 2021394194로 바뀌어 있었다. 2021394194는 마지막 한 모금을 깊게 빨아들였다. 폭파장치의 매캐한 향을 느낄 수 있었다.

토드는 다 타들어간 담배를 보고 자리에서 일어났다. 95는 옥상에서 안테나를 꼭 붙들고 있었다. 2021394194는 담배를 바닥으로 던졌다.

핏물 속으로 떨어진 담배가 치잇, 소리를 냈다. 담뱃불이 꺼지는 소리인지 폭파장치가 작동하는 소리인지 알 수 없었다. 95는 왼쪽 뺨의 흉터를 더듬어보았다. 2021394194는 손목시계를 푼 다음 두 개의 시계를 창밖으로 던졌다. 두 개의 시계는 물결처럼 일렁이며 아래로 떨어졌다. 바닥에 떨어진 시계가 고장나지 않는다면, 시계만 계속 움직여준다면, 우주에서노 살아 있을지 모르겠다고, 2021394194는 생각했다. 95는 손가락 두 개로 왼쪽 뺨의 흉터를 벌려보았다. 흉터를 벌리면 그 속에서 이상한 촌충이 기어나올 것 같았다. 담배 끝에서 작은 불꽃이 일었다. 토드의 눈이 커졌다. 95는 하늘을 올려다보았다.

쾅, 하는 소리와 함께 모든 것이 흔들렸다. 밝아졌다. 창밖에서 누군가가 거대한 진공청소기를 들고 있는 것처럼 집 안의 모든 물건들이 창밖으로 튀어나갔다. 창문이 깨졌고, 유리 파편이 아래로 떨어졌고, 벽이 부서졌다. 토드는 식탁 의자에 뒤이어 밖으로 튕겨져나갔다. 소파와 냉장고가 날아갔다. 식탁과 의자들이 날아갔다. 창문 아래쪽에 있던 2021394194는 자신의 머리 위로 그 모든 것들이 지나가는 것을 보았다. 회오리바람이 집 안을 헤집고 다녔다. 회오리바람은 뭔가 빠진 게 없는지 살펴보고 있었다. 놓아두고 가는 게 없는지 여러 번 확인했다. 2021394194는 마지막으로 회오리바람에 휩쓸려 창밖으로 빨려나갔다. 집 안에서 빠져나온 모든 것들이 공중에 일시 정지되어 있었다. 토드는 식탁 의자에 머리를 부딪쳐 정신을 잃었지만 2021394194는 이 모든 장면을 지켜보고 있었다. 고요한 순간이었다. 물건들은 행성처럼 떠 있었다. 2021394194도 하나의 별이 되어 공중에 떠 있었다. 95도 옥상에서 그 광경을 보았다. 2021394194는 아래를 내려다보았다. 땅이 너무 멀어 보였다. 공중에 떠 있던 것들이 흔들렸다. 2차 폭발이 시작되고 거대한 폭발음이 사방으로 퍼졌다. 미사일이 발사되는 순간 같았다. 공중에 떠 있던 것들이 한꺼번에 위로 솟구쳐올랐다. 별들은 폭죽이 되어 우주로 발사됐다. 폭발음도 별들과 함께 위로 솟구쳤다. 폭발음을 들으면서 2021394194는 자신이 가게 될 우주를 생각했다.

1F/B1

네오타운의 건물관리자연합은 2007년 8월에 공식 해산한 것으로 기록되어 있지만 지금까지도 지하조직으로 명맥을 유지해오고 있다. 공식 해산하기 이전에도 지하조직이긴 했지만 — 그들은 언제나 지하에서 살고 있으니까 — 지금은 완벽하게 깜깜한 지하, 지하 중의 지하, 땅밑 끝이라 불러야 할 지하로 숨어들어갔다. 지하조직이라는 말이 이렇게 완벽하게 들어맞는 조직은 전 세계 역사를 아무리 뒤져도 찾아낼 수 없을 것이다. 네오타운의 건물관리자들은 자신들을 SM이라고 불렀는데, 처음부터 그랬던 것은 아니고 2007년 4월의 잊지 못할 사건, SM들이 부르는 공식 명칭으로 '암흑 속의 전투'를 겪고 난 후부터였다. SM은 슬래시 매니저(Slash Manager)의 약자다.

모든 도시에 건물관리자협회가 있지만 네오타운의 건물관리자연합은 성격이 조금 달랐다. 고평시의 네오타운에는 대형 빌딩보다 십층 이하의 소형 빌딩—주로 주상복합형 건물—이 많았고, 이들은 좁은 구역에 밀집돼 있었다. 건물관리자연합이 생겨나게 된 배경에는 이런 지역적 특성도 한몫했다. 한 건물에서 문제가 발생하면 컴퓨터 바이러스처럼 순식간에 다른 건물로 옮아갔다. 한 건물에서 에어컨디셔너의 실외기 장에 압력이 증가하는 문제가 생기면, 하루도 지나지 않아 다른 건물에서 똑같은 문제가 생겼다. 모든 건물이 비슷한 시기에 지어졌고, 비슷한 구조로 지어졌기 때문이다. 건물관리자연합이 생기게 된 이유는 입주자들의 권익을 보호하기 위해서가 아니라 입주자들의 문의나 집단 항의로부터 자신들을 보호하기 위해서였다. 지구가 만들어진 이래 만들어진 모든 단체가 그러했던 것처럼.

고평시 건물관리자연합을 처음으로 조직한 사람은 구현성이었다. '전국과대망상자모임'을 조직하는 쪽이 더 어울리는 사람이었지만 그 자신은 그렇게 생각하지 않았다. 지구가 만들어진 이래 과대망상에 빠진 모든 인간이 그러했던 것처럼. 그는 건축가 출신으로 어디에나 끼어들기 좋아했으며, 네오타운의 조직위원회 위원이자 고평시 건축가협의회의 후원자이기도 했다. 고평시의 사람들은 도대체 구현성이 어디에서 그 많은 돈을 벌어들이게 됐는지 궁금해했다.

"구현성이 가장 좋아했던 말은 '하자 보수'였습니다. 그는 그 말이 아름답다고 했습니다. 그리고 이런 말을 넛붙였죠. '완벽한 건물을 지을 수는 없다. 하자 보수만이 건물을 완벽하게 만든다.' 구현성이 얼마나 완벽주의자인지 알 수 있지 않습니까?"라는 게 구현성을 가장 잘 알고 있다고 소문난 이문조의 의견이다. 이문조는 구현성과 함께 건물관리자연합을 조직한 인물이며 공식적인 2인자였지만, 1인자와 2인자의 차이가 너무 커서 2인자라는 말을 붙이기에는 민망했다. 구현성은 고평시의 건물을 일곱 채나 소유한 갑부였고 이문조는 건물관리자로 잔뼈가 굵은 기술자일 뿐이었다. 이문조는 구현성의 행동대장에 가까웠고 구현성은 실질적인 현장업무 대부분을 이문조에게 맡겼다. 건물 관리는 구현성의 취미 같은 것이었다. 그만한 돈을 가지고 있으면서 그는 늘 자기 건물 지하실의 관리실에서 살았고, 건물 관리보다 재미있는 일을 알지 못한다고 했다. 네오타운이 형성된 것은 1991년이었고, 건물관리자연합이 발족한 것은 다음해인 1992년이었다. 1992년부터 2007년까지 무려 십오 년 동안 구현성과 이문조는 고평시 건물관리자연합을 성공적으로 이끌었다. 누구도 그들의 독재에 반항하지 않았고, 그들의 결정에 이의를 제기하지 않았다. 2007년 4월 '암흑 속의 전투'가 있기 전까지는 그랬다.

구현성을 욕하는 사람도 많았지만 그가 네오타운의 발전에 커다란 기여를 했다는 사실은 누구나 인정하는 바였다. 구현성은 네오타운을 세계적인 명소로 만들기 위해 노력했다. 그는 설계에서부터 홍보에 이르기까지 많은 과정에 참여했고, 그 덕분인지 네오타운은 생긴 지 삼 년 만에 전국 부동산업자 선정 '사무실 열기 좋은 지역 1위'와 '장사 잘되는 지역 1위'를 동시에 거머쥐었다. 네오타운이 유명해지면서 구현성은 책을 펴내기도 했다. 구현성이 네오타운의 건물관리자들을 위해 출간한 책『지하에서 옥상까지 ― 건물 관리 매뉴얼1, 모든 건물은 마찬가지다』는 도시와 빌딩에 대한 새로운 개념을 일깨운 명저로 알려지면서, 네오타운 내부뿐 아니라 모든 건물관리자들의 필독서가 됐다.

건물관리자들이 가장 좋아했던 대목은 제23장 '형광등 갈아 끼우는 법'이었다. 건물관리자라면 누구나 아무런 어려움 없이 형광등을 갈아끼울 수 있을 것이라고 생각하는 세입자들의 편견을 꾸짖으면서, 세입자들이 지켜보는 가운데 형광등을 갈아끼워야 하는 건물관리자들의 아픔을 상세하게 기록한 그 장은, 다른 장과는 달리 감성이 넘치는 서술로 한 편의 문학작품을 읽는 듯하다는 평가를 받기도 했다. 형광등이 얼마나 뜨거운지를 눈으로 확인하는 방법, 형광등을 끼우는 요령, 대형 전등갓을 쉽게 여는 방법 등 무심코 지나치기 쉽지만 꼭 필요한 상식들도 빼놓지 않았다. 건물관리자들에겐 자신늘의 외로움을 알아주는 사람이 있다는 것만으로도 큰 위안이 됐다. 구현성이 건물관리자연합을 성공적으로 이끌 수 있었던 가장 큰 이유는『지하에서 옥상까지』가 건물관리자들의 마음을 사로잡았기 때문이었다.

　뜨거운 걸 뻔히 알면서도 우리는 손을 뻗을 수밖에 없다. 깜빡이는 형광등을 보면서, 녀석들이 얼마나 오랫동안 저렇게 깜빡이며 달아올랐을까 생각하면서, 얼마나 뜨거울까 상상하면서, 우리는 손을 뻗을 수밖에 없다. 세입자가 보고 있기 때문이다. 그들은 우리 손바닥이 두꺼운 줄 안다. 우리 장갑은 얼음으로 만든 줄 안다. 우리는 뜨거움을 못 느끼는 줄 안다. 우리는 생각한다. 가장 좋은 방법은, 어서 빨리 형광등을 갈아 끼우고 이곳을 나가는 것이다. 우리는 손을 뻗어서 형광등의 열기에 맞서 싸운다. 우리들은 깜빡이는 형광등보다 외로운 존재들이다.

건물관리자들을 초대해 출판기념회를 열었을 때 구현성이 낭독한 대목이다. 한 건물관리자는 뒷자리에서 몰래 눈물을 훔쳤다고 했다. 책은 사십만 부 이상 팔렸고, 오랫동안 베스트셀러 순위에 머물렀다. 『지하에서 옥상까지』는 일반인들에게 건물관리자가 어떤 일을 하는 사람인지 알리는 훌륭한 계기가 됐다. 물론 몇몇 사람은 '암흑 속의 전투'가 일어나게 된 결정적인 계기로 이 책을 지목하기도 한다. 지하에 묻혀 있던 건물관리자의 실체를 지상으로 끌어올리는 바람에 큰 사건이 일어났다는 것이다. 하지만 어쩌겠는가. 사십만 명 이상의 사람이 읽은 책이라면 누군가에게는 나쁜 영향을 끼칠 수도 있는 법이다.

『지하에서 옥상까지』의 서문은 '건물관리자들은 언제부터 지하에서 살게 됐는가'라는 흥미로운 문제제기로 시작한다. 구현성은 건물관리자의 역사를 조사하는 과정에서 새로운 사실을 발견하게 됐는데, 건물관리자가 처음에는 옥상이나 고층에 살고 있었다는 것이다. 시간이 지나면서 조금씩 낮은 곳으로 이동하다가 십 년 전쯤부터 결국 지하로 가게 됐는데, 구현성은 이런 변화가 건물관리자들의 지위 변화와 깊은 관계가 있다고 생각했다. 건물의 경비를 위탁받은 외주업체는 십층 건물 기준으로 경비 네 명과 건물관리자 한 명을 고용하는 경우가 많은데, 초창기에 건물관리자 한 명의 위력은 경비 네 명과 맞먹을 정도였다. 월급 역시 그랬다. 소형 건물이 마구잡이로 생겨나던 시기에는 건물관리자의 영향력이 높았지만 시간이 지날수록 컴퓨터와 CCTV가 그 역할을 대신했다. 건물과 세입자를 관리하던 건물관리자는 형광등이나 에어컨디셔너의 필터를 교체하거나 막힌 배관을 뚫어주는 사람으로 변했다. 사람들은 언제부턴가 소형 건물의 지하에 관리실을 만드는 것을 당연하게 여겼다. 구현성은 서문의 끝에다 이렇게 적었다.

'지금도 건물관리자들은 환기가 제대로 되지 않는 지하실의 매캐한 공기 속에서 하루하루 죽어가고 있다.'

홈세이프빌딩의 건물관리자 윤정우는 2007년 4월 14일 저녁 열시, 605호 입주민과 말싸움을 하고 있었다. 방음이 문제였다. 605호에는 이십대 중반의 여자가 혼자 살고 있었는데 옆방 소리 때문에 시끄러워 잠을 잘 수 없다며 건물관리자에게 항의했다. 옆방에는 결혼한 지 세 달 된 신혼부부가 살고 있었고, 섹스하는 소리가 밤마다 벽을 넘었다. 침대가 삐걱거리는 소리, 삐걱거리는 소리 사이로 들리는 여자의 신음소리, 드물게 들려오는 남자의 깊은 숨소리. 절정에 이르면 여자는 건물이 떠나갈 정도로 소리를 질러댔다. 윤정우 역시 건물 복도를 지나다 여자의 신음소리를 들었던 기억이 났다. 열흘 전 605호의 항의를 받은 윤정우는 604호 쪽 벽에다 네 개의 흡음기를 설치했다. 흡음기는 소용이 없었다. 윤정우는 흡음기를 더 설치해야 할지 압착톱밥으로 만든 일 인치짜리 단열재를 덧대어야 할지 고민했다. 연륜 있는 건물관리자였다면 일 초의 고민도 없이 흡음기를 추가하는 쪽을 택했겠지만, 윤정우는 건물관리자가 된 지 이제 겨우 사 개월째였다. 관리자 양성학교에서 배운 대로라면 일 인치짜리 단열재와 흡음석고보드를 설치하는 것이 정석이었다. 정석대로 하자면 대규모 공사가 불가피했다. 605호 여자는 시끄러워 살 수가 없다며 소리를 질러댔다. 벌써 사흘째 잠을 자지 못했다고 했다. 그때 불이 꺼졌다. 네오타운의 모든 불빛이 일제히 사라졌다. 605호 여자가 "엄마야"라고 소리를 질렀고, 건물 곳곳에서 웅성거리는 소리가 들렸다. 순식간에 건물 전체가 암흑으로 변했다. 옆 건물도 깜깜했다. 윤정우는 어떻게 해야 할지 몰랐다. 정전 발생시 대처 요령에 대해 생각했지만 머릿속도 깜깜했다. 윤정우는 605호 여자에게 양해를 구한 다음 지하의 관리실로 향했다.

윤정우는 홈세이프빌딩이라는 이름을 처음 들었을 때 그 어감이 마음에 들었다. 수십 개의 건물 이름을 놓고 한 군데를 지원해야 했다면 당연히 홈세이프빌딩을 골랐을 것이다. 홈세이프빌딩에 취직하게 된 것은 대단한 행운처럼 여겨졌다. 윤정우는 첫 출근하던 날 빌딩 정문 위에 음각된 '홈세이프'라는 글자를 올려다보며 흐뭇한 표정을 지었다. 건물주가 야구를 좋아해서 지은 이름이라고 추측했다. 야구에서는 주자가 공보다 홈베이스에 먼저 들어와야 세이프가 되고 점수를 올릴 수 있다. 빌딩에서는 무엇보다 먼저 들어와야 세이프가 되는 것일까. 윤정우는 홈세이프빌딩을 안전하게 지켜야 하는 자신의 직업이 좋았다. 야구 경기에서 포수의 역할이랄까, 축구 경기에서 골키퍼의 역힐이랄까. 모든 입주민들을 확실히 지켜주겠어. 윤정우는 오른손을 꼭 말아쥐며 중얼거렸다. 모든 것을 스포츠에 비유하는 것은 윤정우의 버릇이었다.

윤정우는 어두운 계단을 내려오면서 플래시를 챙기지 않은 자신의 부주의를 반성했다. 삼층까지 내려오자 복도에서 불빛이 보였다. 몇 사람이 플래시를 들고 복도에 서 있었다. 윤정우는 어둠 저편의 사람들을 향해 소리를 질렀다.

"조금만 기다려주세요. 최대한 빨리 복구하겠습니다."

플래시 불빛 하나가 윤정우의 얼굴로 향했다.

"저는 건물관리자 윤정우입니다. 죄송하지만 플래시 좀 빌려 주실 수 있을까요. 지하까지 가야 하는데 너무 어둡네요."

플래시 불빛 세 개가 한꺼번에 윤정우의 얼굴로 향했다. 어둠 속에서 세 사람이 웅성거렸다. 자기네들끼리 하는 말이라 윤정우는 무슨 말인지 알아들을 수 없었다. 세 사람은 집 안으로 쑥 들어가버렸다. 당연한 반응이었다. 건물관리자의 얼굴을 알아보는 사람은 많지 않다. 매일 입구에서 마주치는 경비라면 모를까 세 달에 한 번 볼까 말까 한 건물관리자의 얼굴을 알아보고 친절을

베풀기란 쉽지 않다. 게다가 자신의 발끝조차 보이지 않는 완벽한 암흑 속에서 누군가를 믿기란 쉽지 않은 일이다.

윤정우는 평상시에도 엘리베이터를 타지 않고 계단을 이용했다. 3부 리그의 축구선수로 활동하고 있었기 때문에 언제나 다리 근육을 단련하기 위한 운동을 했다. 서른 살의 그는 팀의 주공격수이자 핵심선수였으며 인상도 좋아서 회원 수가 이백여 명쯤 되는 팬클럽도 있었다. 윤정우는 자신을 좋아하는 사람들을 위해 노력을 게을리하지 말아야 한다고 생각했다. 그는 계단을 오르내릴 때마다 숫자를 셌다. 지하의 관리실 칠판에는 언제나 몇 개의 숫자가 적혀 있었는데, 윤정우가 오르내린 계단의 수를 적어놓은 것이었다. 저녁이 되면 윤정우는 칠판에 적힌 숫자들을 모두 합해서 그날 오르내린 계단 수를 확인했다.

"이거는 말이 안 되는 게요, 똑같은 빌딩을 계속 왔다 갔다 왔다 갔다 하는 건데 계단 수를 세긴 왜 세요. 그거는요, 층마다 계단 수를 적어놓으면은요, 갔다 와서 몇 층 갔다 왔는지만 적어놓으면은요, 나중에 정리만 하면 진짜로 간단한 거거든요."

홈세이프빌딩과 붙어 있는 오데옹빌딩의 건물관리자 조천웅이 지적했지만 윤정우는 그 말을 듣지 않았다. 윤정우는 조천웅을 대놓고 무시했다. 조천웅은 건물관리자가 알아야 할 모든 기술을 누구보다 잘 알고 있기로 유명했지만 인간관계에는 문제가 많았다. 조천웅과 이야기를 나누다보면 그 누구든 삼 분 내로 기분이 상했다. 조천웅은 눈이 작았고, 얼굴이 컸고, 입술이 두꺼웠고, 목은 짧았으며, 어깨가 꾸부정했다. 필요할 때마다 조천웅의 노움을 받았지만 말을 섞고 싶어하는 입주민은 거의 없었다. 조천웅은 언제나 신입 건물관리자인 윤정우를 가르치려 들었고 윤정우는 사사건건 조천웅의 말을 무시했다. 계단 수를 세는 문제에 대해서는 조천웅의 말을 무시했다기보다 윤정우의 고집이 더 큰 이유였다. 마음속으로 숫자를 세야만 몸에 집중할 수 있고, 몸이 계단의 숫자를 제대로 느껴야만 운동효과가 높다는 것이 윤정우의 생각이었다.

"건물관리자는 자신의 몸에 집중하면 안 되는 거야. 건물의 리듬에 자신을 맡겨야지. 그래야 어디에서 무슨 일이 일어나는지 알 수 있거든. 건물을 만졌을 때 느껴지는 진동만으로 어디에 문제가 있는지 알아낼 수 있어야 해."

건물관리자연합의 회식 때 구현성은 지나가는 말처럼 윤정우를 꾸짖었다. 옆에 있던 이문조는 '신세대들의 라이프스타일이 우리와는 달라서 그런 것'이라는 말로 분위기를 무마해보려 했지만 구현성의 얼굴은 이미 딱딱하게 굳어 있었다. 구현성은 여러 가지 이유로 윤정우를 못마땅하게 생각했다. 윤정우 역시 건물관리자연합을 자신의 마음대로 조종하는 구현성이 마음에 들지 않았다.

캄캄한 어둠 속의 계단을 내려가면서 윤정우는 숫자를 셌다. 삼층에서부터는 입 밖으로 소리를 냈다. 윤정우는 하나, 둘, 셋, 넷, 이라는 소리가 자신보다 먼저 계단을 뛰어내려가서 암흑 속에 뭐가 있는지 알아낼 수 있기를 바랐지만, 어둠 속으로 빨려들어간 숫자들은 재빨리 사라졌고, 흔적을 찾을 수 없었다. 윤정우는 계속 숫자를 세면서 계단을 내려갔다. 건물 곳곳에서 사람들의 탄식이 들려왔다. 누군가는 싸웠고, 누군가는 소리를 질렀고, 어떤 사람은 울기도 했다. 모두들 어둠을 무서워했다. 비상등도 켜지질 않아서 누군가 도시 전체에 암막을 둘러쳐놓은 것 같았다. 일층에 도착한 윤정우는 빌딩 밖으로 나갔다. 네오타운의 모든 불빛이 사라졌다. 거리의 자동차 불빛들만이 건물과 도로를 비추고 있었다. 많은 입주민들이 휴대용 플래시를 들고 거리로 나왔지만 해결할 방법이 없었다. 각 건물의 경비들은 사람들에게 '각자의 집으로 들어가 조용히 대기해달라'는 부탁을 했다. 홈세이프빌딩의 경비는 건물 밖에 있는 윤정우를 발견하고 소리를 질렀다.

"야 인마, 여기서 뭐해! 얼른 관리실에 가서 어떻게 된 건지 알아봐."

네오타운의 관리실 구조는 대개 비슷하다. 지하 일층 주차장

끝의 문을 열고 들어가면 전원, 환기, 인터넷, 비상등, 방범 등의 상태를 확인할 수 있는 수십 개의 컨트롤박스가 좌우에 늘어서 있고, 그 끝에 세 평 정도의 관리자 방이 있다. 침대 하나 책상 하나 의자 하나가 가구의 전부이고, 창문은 당연히 없었다. 잠을 자거나 밤에 라면을 끓여 먹을 때 말고는 윤정우가 방에 들어가는 일은 거의 없었다. 창문이 없는 방에서 살아본 사람은 조금이라도 짐작할 수 있겠지만, 그곳에 있으면 한마디로 우주의 끝까지 내몰린 기분이다. 윤정우는 문을 열어놓은 채 잠들고 싶었지만 기계 소리 때문에 어쩔 수 없이 문을 닫아야 했다. 잠을 자기 위해 불을 끄면 사방이 우주의 귀퉁이처럼 깜깜하고, 문 너머에서는 기계 돌아가는 소리와 배수관의 물 흐르는 소리가 까마득하게 들려온다. 우주 전체의 크기를 가늠할 수 없는 것은 물론이고, 방이라는 작은 세계의 크기조차 가늠할 수 없게 된다. 네 개의 벽이 방을 둘러싸고 있지만 크기를 가늠할 수 없을 때, 그 벽은 무의미해진다. 벽이 사라지면 우주 전체가 너무 크게 느껴지고 자신이 너무 작게 느껴져서, 몸이 수축되는 듯한 느낌을 받기도 하는데, 그 때문인지 윤정우는 어두운 방에서 자신이 점점 줄어들어 작은 모래 알갱이가 되는 꿈을 자주 꾸었다.

윤정우는 경비에게 플래시 하나를 빌려서 지하로 향했다. 계단을 내려가다가 윤정우는 갑자기 눈이 부셔 뒷걸음질했다. 도시의 모든 불빛이 꺼진 가운데 단 하나의 불빛이 살아 있었다. 윤정우는 불빛을 보고 뒤로 나자빠질 뻔했다. 불빛은 기적처럼 벽에 매달려 있었다.

지하로 내려갈 때마다 항상 보던 표지판이었지만 그날은 달라 보였다. 윤정우의 눈에 들어온 1F/B1이라는 문자와 숫자와 기호의 조합은 마치 신의 계시 같았다. 윤정우는 잠시 계단참에 서서 표지판을 바라보았다. 이것이 신의 계시라면 신이 원하는 것은 무엇일까. 표지판 속에서 'FBI'라는 단어가 보였다. '그럼 이 모든 사건이 FBI의 음모였단 말인가'라는 생각을 하다가 윤정우는 자신의 머리를 쥐어박았다. 윤정우는 계단을 마저 내려가 관리실로 들어갔다.

윤정우가 그 자리에 서서 조금만 더 깊이 생각했더라면 신의 뜻을 알아차릴 수 있었을까. 아니, 신의 뜻이 아니라 구현성의 뜻을 알아차릴 수 있었을까. 아마 그러지 못했을 것이다. 단순한 숫자와 기호에서 어떤 의미를 찾아낸다는 것은 엄청난 집중이 필요한 일인데, 그날 윤정우는 그럴 정신이 없었다. 머릿속에는 '어서 빨리 관리실로 들어가서 정전의 이유를 알아내야 한다'는 생각뿐이었다.

관리실도 암흑이었다. 문을 열고 플래시를 비춰보았지만 어떤 컨트롤박스에도 불빛이 없었다. 시스템이 완벽하게 멈춰버린 것이다. 관리자 양성학교에서는 이런 상황에 대한 대비책을 가르쳐주지 않았다. 시스템에서 어떤 결함이 발견되면 정상적으로 작동되는 부분을 통해 결함을 해결할 수 있다. 정상이 기준점이 되는 것이고, 정상으로 비정상을 수정할 수 있다. 하지만 모든 시스템이 멈췄을 때는 기준점이 사라진다. 윤정우는 어디에서부터 시작해야 할지 알 수 없었다.

관리실 문을 열자 어둠 속에서 탁구공만한 붉은 불빛 하나가 깜빡이고 있었다. 그 불빛은 책상 왼쪽 벽에서 반짝이고 있었는데, 그 작은 불빛으로도 방 전체를 붉게 물들이고 있었다. 그 작은 불빛으로도 책상의 그림자를 만들어냈다. 윤정우는 불빛을 따라갔다. 불빛 아래에는 '비상전화'라고 적혀 있었고, 그 아래 수화기가 걸려 있었다. 전임자로부터 업무인계를 받으면서 '비상전화'에 대해 들은 적은 있었지만 어떤 용도인지는 알지 못했다.

윤정우는 수화기를 들었다.

"누구야, 윤정우야? 왜 이렇게 늦어?"

이문조의 다급한 목소리였다.

"지금 막 관리실에 들어왔습니다."

"무슨 일이 터진 건지 알아?"

"아뇨, 전혀 모르겠는데요."

"지금부터 내 말 잘 들어."

건물관리자연합에서 이문조의 역할은 단순했다. 모든 사람들이 사이좋게 지내도록 하는 거였다. 이문조가 화내는 걸 본 사람은 거의 없다. 가끔 누군가를 타이르긴 했지만 그것도 싱글싱글 웃으면서였다. 윤정우는 이문조의 긴박한 목소리에서 뭔가 큰일이 벌어졌다는 걸 직감했다.

"지금 네오타운 전체가 정전이 됐어. 누군가 전력선을 다 끊어버리고 컴퓨터 시스템도 먹통으로 만들어놨어. 어떤 지랄맞은 새끼들인지 모르겠지만 우리랑 한판 붙겠다는 거지."

"전 어떻게 하면 되는 거죠?"

"뭘 어떻게 해. 한판 붙어야지."

"아무것도 보이지 않는데요?"

"누가 혼자 싸우래? 건물관리자연합이 괜히 있는 줄 알아? 얼른 집결지로 모여."

"집결지라니요?"

"우선 관리실 문을 잘 닫아."

윤정우는 문을 닫고 잠금장치를 눌렀다. 기계 소리와 물 흐르는 소리가 들리지 않으니 사방이 고요했다. 완벽하게 갇힌 기분이었다. 바깥에서 기계 소리가 날 때는 누군가와 함께 있는 듯한 기분이 들었는데 아무런 소리도 들리지 않자 완벽하게 고립되었다는 게 실감났다. 윤정우는 플래시를 끄고 의자에 가만히 앉아 보았다. 아무것도 보이지 않았다. 책상 위에 얹힌 책도 보이지 않았다. 아무것도 보이지 않자 자신이 살아 있다는 사실도 실감하기 힘들었다. 죽음 이후의 삶이 이런 기분일까. 내가 있긴 하지만 실감할 수 없는, 내가 있긴 하지만 나 말고는 아무도 없는, 이런 삶이 죽음 이후에 오는 것은 아닐까. 윤정우는 손으로 얼굴을 만져보았다. 목과 가슴과 어깨를 만져보았다. "아" 하고 소리를 내보았다. 소리를 내자 공간이 느껴졌다.

"문에 못질하고 있냐? 얼른 닫고 와. 야, 윤정우! 윤정우! 내 말 들려? 문 닫았어?"

이문조의 목소리가 수화기 너머에서 또렷하게 들려왔다. 윤정우는 플래시를 켜고 수화기를 들었다.

"네, 닫았어요."

"이제 책상을 옆으로 밀어봐."

"어느 쪽으로요?"

"아무 쪽으로나 밀어봐."

윤정우는 수화기를 내려놓고 책상을 밀었다. 철책상은 무거웠다. 쉽게 밀리지 않았다. 윤정우는 바닥에 앉은 다음 어깨와 팔과 무릎으로 책상을 밀었다. 서늘한 지하인데도 땀이 났다. 철책상이 바닥에 끌리는 소리가 밖으로 빠져나가지 못하고 계속 메아리쳤다.

"윤정우! 내 말 들려?"

"네."

"벽에 문 같은 게 하나 보이지 않아?"

윤정우는 책상에 가려져 있던 벽에 플래시를 비추었다. 문이 있었다.

"비밀번호를 눌러. 1581."

전자자물쇠에다 비밀번호를 입력하자 문이 열렸다. 어두운 통로 안에서 뜨끈한 공기가 훅 밀려들었다. 윤정우는 플래시로 통로 안쪽을 비추었다. 너무 깊어서 불빛의 끝이 보이지 않았다.

"문 열렸지? 거기로 들어간 다음 문을 닫고 통로를 쭉 따라와. 그럼 내가 있을 거야."

통로는 좁고 낮았다. 앉은 상태에서조차 머리가 통로 천장에 닿았다. 윤정우는 문을 닫고 어두운 통로를 따라 기어갔다. 어깨의 견장 자리에 고정시켜둔 플래시는 제멋대로 앞을 비추었다. 윤정우의 움직임에 따라 천장을 비추었다가 바닥을 비추었다가 오락가락했다. 플래시의 불빛이 아니라 세멋대로 날뛰는 생명체를 뒤따라가는 기분이었다. 윤정우는 기분좋게 날뛰는 개 한 마리가 자신을 인도한다고 생각하기로 했다. 기분이 한결 나아졌다.

　오데옹빌딩의 건물관리자 조천웅은 어둠의 통로로 들어선 이후로 앞으로 나아가질 못하고 있었다. 건물관리자가 되기 위해서는 폐소공포가 없어야 하지만 조천웅은 어릴 때부터 폐소공포에 시달렸다. 폐소공포 말고는 모든 분야에서 완벽했기 때문에 건물관리자 시험을 통과할 수 있었다. 조천웅은 지하의 관리실에서 자지 않고 삼층의 관리사무실에 간이침대를 놓고 잤다. 지하관리실에서 문을 닫는 데 삼십 분이나 걸렸고, 문을 닫은 후에는 계속 혼자 중얼거리는 증세를 보였다. 두 개의 플래시를 켜서 사방을 비추었다. 조천웅에게는 천장에서 벽을 타고 내려오는 수천만 마리의 작은 벌레가 보였다. 자신의 몸에도 벌레들이 기어다니는 것 같아 계속 몸을 긁었다. 이문조는 소리를 질러 겨우 조천웅을 진정시켰고, 가까스로 통로로 들어가도록 설득했다. 조천웅은 어둠 속 통로에서 커다란 동물의 이빨을 보았다. 자신에게 달려드는 그 동물의 내장이 보였다. 플래시로 어둠을 밝혀보려 했지만 불빛이 닿지 않는 어둠 때문에 더 무서웠다. 앞으로 나아갈 수 없었다. 그렇다고 돌아갈 수도 없었다. 지하관리실의 비밀 문은 들어갈 수는 있어도 다시 나올 수는 없다. 공기가 점점 줄어들고 있다는 생각 때문에 숨을 쉬기도 힘들었다. 식은땀이 났다가 금세 말랐다. 조천웅은 중얼거렸다. 자신이 내뱉은 말이었지만 자신도 해석할 수 없는 말이었다. 겁먹은 내장이 곧바로 토해내는 말이었다. 사람들이 보고 싶었고 말소리가 듣고 싶었다. 조천웅은 윤정우를 생각했다. 숫자를 세보기로 했다. 숫자를 세서 몸에 집중할 수 있다면 공포를 줄일 수 있을지 모른다는 생각이 들었다. 조천웅은 플래시를 껐다. 플래시 불빛과 불빛이 비추지 못하는 어둠과 불빛이 닿지 않는 어둠을 바라보는 것보다는 완벽하게 어두운 편이 나을 것 같았다. 조천웅은 엎드리고 두 팔과 두 다리로 기어갔다. 바닥을 내려다보았다. 내려다보았다고는 하지만 아무것도 보이지 않았다. 하나, 둘, 셋, 넷. 왼쪽 팔과 왼쪽 다리가 나아가면 하나를 셌고, 오른쪽 팔과 오른쪽 다리가 앞으로 나아갈 때 또 하나를 셌다. 얼마나 세야 목적지에 도착할 수 있을까. 조천웅은 생각을 지우고 숫자 세는 데 집중했다.

윤정우의 플래시 불빛이 벽에 닿았다. 문을 밀자 눈뜨기 힘들 만큼 밝고 커다란 빛의 공간이 나타났다. 윤정우는 실눈을 뜨고 주변을 살펴보았다. 지하관리실을 서른 개 정도 합한 크기의 방이었다. 한쪽 벽면에는 각종 기기가 설치돼 있었고, 사람들이 웅성거리고 있었다.

"오느라고 고생했지?"

이문조가 윤정우에게 말했다.

"이게 다 뭡니까?"

"여긴 관리자들의 비밀관리실이야. 네오타운의 모든 관리실이 이곳과 연결돼 있지."

"이걸 누가 만든 건데요?"

"설계는 구회장님이 하셨어."

"구현성 회장요?"

"응. 네오타운을 만들 때 관리자들을 위한 공간을 생각하다가 모든 관리실과 연결되는 비밀관리실을 만들었지."

"오십 개가 넘는 빌딩들이 다 연결돼 있다고요?"

"구회장님이 비밀설계하느라 애 좀 먹었어. 그 얘기는 차차 하고 일단 저쪽에 가서 잠깐 쉬고 있어봐."

비밀관리실에는 스무 명 정도의 관리자가 모여 있었다. 대부분 회식을 통해서 익숙해진 얼굴들이었다. 다섯 명은 모니터를 들여다보면서 뭔가 분석하고 있었고, 나머지 사람들은 서너 명씩 모여 이야기를 나누고 있었다.

구현성은 보이지 않았다. 이문조가 모든 상황을 지휘하고 있었고, 건물관리자연합의 핵심 간부들이 상황을 파악하고 있었다.

윤정우는 한쪽 구석에서 땀을 식히고 있었다. 윤정우의 뒤에서 작은 문 하나가 열렸다.

"오백팔십칠."

이라는 소리와 함께 조천웅이 바닥으로 굴러떨어졌다. 조천웅의 온몸이 땀으로 흠뻑 젖어 있었다. 사람들은 조천웅을 잠깐 바라보았다가 다시 각자 하던 일로 돌아갔다.

"미친 개새끼들, 이런 호로, 지랄하고 자빠졌거든요, 아주……."

조천웅은 한참 중얼거리다가 윤정우를 발견했다. 두 사람 다 정신이 없기는 마찬가지였다. 윤정우는 이문조에게 들었던 이야기를 조천웅에게 해주었다.

"비밀관리실 같은 소리 하시네요. 이런 개구멍 같은 거 만들어놓고 사람 골탕먹이려는 거 모를 줄 알고요. 내가 진짜로 똑똑하거든요."

"천웅씨, 일단 일어나서 정신이나 좀 차리세요."

"진짜로 멀쩡하거든요."

비밀관리실의 대형 모니터에 네오타운의 지도가 나타났다. 처음에는 평면지도처럼 보이더니 곧 3차원 입체지도로 바뀌었고 누군가 마우스를 클릭하자 지하의 구조까지 다 드러났다. 이문조가 주위를 향해 커다란 목소리로 말했다.

"자, 됐어. 지도가 떴으니 이제 놈들이 어디서 뭐하나 알아보자고. 비상전력은 얼마나 쓸 수 있어?"

"앞으로 다섯 시간은 가능할 겁니다."

대형 모니터에는 쉴새없이 새로운 화면이 나타났다. 동시에 여러 개의 CCTV 화면이 떴다가 지도가 떴다가 열감지 모니터 화면이 나타났다가 그 모든 게 분할화면으로 한꺼번에 나타나기도 했다. 모두들 넋이 나간 모습으로 대형 모니터를 바라보고 있었다.

"저기 있네요."

누군가 소리를 질렀다. 사람들은 모니터 대신 그 사람의 손가락을 먼저 쳐다봤다가 손가락이 가리키고 있는 화면으로 시선을 옮겼다.

"확대해봐."

이문조의 이야기에 CCTV 화면이 크게 확대됐다. 복면을 한 다섯 명이 복도를 걷고 있었다.

"저거 뭐하는 놈들이야?"

"복면을 한 거 보니 확실히 수상한 놈들인 거 같죠?"

"저 새끼들 뭔가 이상하지 않아요? 너무 여유롭게 걷고 있잖아요."

"시스템을 다 알고 있는 거지. 모든 게 다 차단됐기 때문에 자신들이 안전하다는 걸 알고 있는 거야."

"어떤 집으로 들어가는데요? 저기가 아지트 아닐까요?"

관리자들은 각자 의견을 한마디씩 내뱉었다. 복면을 한 다섯 명은 복도의 화면에서 사라졌다. 이문조는 손동작으로 모두에게 조용히 하라는 지시를 내렸다. 만약 어떤 일이 벌어지고 있는 거라면 소리가 들리지 않을까 생각한 것이다. 하지만 소리가 들리기에는 너무 멀었다.

"어느 빌딩이야?"

이문조가 물었다.

"홈세이프빌딩 팔층인데요."

"몇 호야?"

"805호인 것 같습니다."

"홈세이프빌딩 자동잠금장치 작동될까?"

"모르겠어요."

"경찰엔 연락했어?"

"일단 전력센터에 복구 신고했고요, 경찰에는 비상상태 통보만 했습니다. 예비전력까지 다 끊겨서 경비시스템이 작동하지 않습니다."

"관리실 전화에 불이 나겠구만."

"관리실 전화는 아예 끊겼어요."

"이 새끼들 한번 붙어보자는 얘기지. 관리실 컴퓨터 데이터 링크시켜서 경찰 쪽에서도 확인할 수 있게 해놓아."

"네, 알겠습니다."

"홈세이프빌딩에 붙은 CCTV 화면기록 다 돌려서 녀석들이 어디에서 뭐했는지 확인해보자고."

윤정우는 홈세이프빌딩이라는 단어만 듣고도 괜히 가슴이 뜨끔했다. 아무도 홈세이프빌딩의 관리자가 누구인지 궁금히 여기지 않았다.

구현성은 네오타운이 암흑으로 바뀌기 한 달 전에 모든 것을 알고 있었다. 오랜 시간 혼자 고민했지만 쉽게 결정을 내리지 못했다. 이문조에게도 상의하지 않았다. 구현성은 이문조를 믿지 않았다. 네오타운이 암흑으로 바뀌던 순간 구현성은 와이즈스타빌딩 꼭대기층에 있었다. 와이즈스타빌딩은 구현성의 이름을 따서 만든 것이었고, 혼자서 조용히 있고 싶을 때마다 머무르는 곳이었다. 그는 꼭대기에서 네오타운이 암흑으로 바뀌는 모습을 지켜보았다. 대부분의 사람들은 네오타운의 불빛이 한순간에 사라진 것으로 알고 있지만 실제로는 그렇지 않았다. 구현성은 꼭대기에서 그 모습을 자세히 보았다. 구현성이 머물고 있는 빌딩에서부터 정전이 시작됐고 도미노가 연이어 넘어지듯 정전은 바깥쪽으로 번져갔다. 순식간에 일어난 일이긴 했지만 한순간은 아니었다. 깜깜해진 네오타운을 보면서 구현성은 자신의 선택이 옳은 것인지 확신할 수 없었다. 구현성은 암흑 속의 전투가 일어나기

한 달 전에 비혼개발의 K를 만났다.

"하루만 네오타운의 관리권을 넘겨주십시오. 간단합니다."

비혼개발의 K가 말했다.

"그걸로 뭘 하시려구요?"

구현성이 물었다.

"그건 모르셔도 되구요. 딱 하루만 빌려주시면 됩니다."

"제가 왜 그 제안을 받아들여야 하죠?"

"밑질 게 없으니까요."

"네오타운은 제 고향과도 같은 곳입니다."

"고향이 너무 낡았더군요. 깨끗한 고향에서 살면 좋잖아요."

"아직 쓸 만한 고향입니다."

"저희 회장님은 그렇게 생각하지 않더군요. 팔십층짜리 초현대식 복합상가를 계획하고 계십니다. 자잘한 건물들은 싹 쓸어버리고 멋지게 하나 세워올리는 겁니다. 제안을 받아들인다면 구현성씨도 멋쟁이 건물의 한 부분을 차지하게 되겠죠."

"지금도 충분합니다."

"충분하지 않던걸요. 어디선가 쇼핑센터를 준비하신다면서요? 제가 상관할 바는 아니지만 자금이 바싹 말랐다는 소문이 들리던데, 저희 회장님이라면 그 정도 규모는 간단하게 해결해드릴 수 있죠."

"왜 하필 관리권을……"

"꼭 알아야겠습니까?"

"네, 알아야죠."

"별거 없어요. 잠깐 스위치를 껐다가 다시 올릴 겁니다."

"스위치요?"

"네, 스위치요. 딸깍, 딸깍, 하면 끝날 겁니다."

구현성은 K의 의도를 알아차렸다. 비혼개발은 어떤 방식으로든 네오타운의 가치를 떨어뜨릴 것이다. 구현성을 비롯한 많은 사람들이 힘들게 만들었던 이야기들을 간단하게 지워버릴 것이다. 사람들이 하나둘씩 빠져나가면 비혼개발은 조용히 그 자리를 차지하고 자잘한 건물들이 사라진 곳에다 커다란 성을 세울 것이다. K는 구현성에게 한마디 덧붙였다.

"아, 한 가지 빼먹은 게 있군요. 베스트셀러 『지하에서 옥상까지』의 저자에게 부탁드릴 말씀이 있어요. 지하 일층에다 초현대식 관리실을 만들 예정인데요, 거기를 한번 설계해보시면 어떨까요? 관리도 해주시면 좋겠지만 유명하신 분에게 그런 것까지 부탁하는 건 아무래도 실례겠죠?"

구현성은 네오타운이 만들어지던 시절을 생각했다. 모든 빌딩 지하의 관리실을 연결하기 위해 네오타운 개발위원회 사람들을 설득하던 그때가 떠올랐다. 각 빌딩의 지하가 연결되고 비밀관리실이 만들어질 수 있었던 것은 관리실에 관심을 가진 사람이 전혀 없었기 때문이다. 관리실 따위 어떻게 만들든 아무도 관심을 가지지 않았다. 네오타운의 관리자들이 비밀관리실에 모여 첫번째 회식을 했던 것이 엊그제 같은데 벌써 십오 년이라는 세월이 흘렀다.

"저도 한 가지 제안하죠."

"얼마든지."

"네오타운 건물관리자들의 고용승계를 보장해주신다면 생각해보겠습니다."

"건물 관리에 대한 문제는 구현성씨에게 모든 걸 맡긴다는 게 회장님의 뜻입니다."

네오타운의 관리권을 넘겨주는 시간은 2007년 4월 14일 저녁 열시부터 스물네 시간 동안이었다. 그 시각 구현성은 착잡한 마음으로 창밖을 내다보고 있었다. 어떤 일이 벌어질지 알 수 없었다. 구현성은 K에게 두 가지 약속을 받아냈다. 절대 사람은 다치게 하지 않는다. 자신이 개입됐다는 사실은 어떤 일이 있어도 비밀로 묻어둔다. 그러나 묻어둘 수 있을까. 구현성은 캄캄한 방 안에서 캄캄한 어둠을 바라보며 어둠 속으로 영원히 묻히는 비밀이란 과연 가능할 것인지 생각했다. 한 사람만의 비밀, 두 사람만의 비밀, 세 사람만의 비밀, 저 어둠 속에는 얼마나 많은 비밀이 묻혀 있을까. 죽어가는 사람들은 얼마나 많은 비밀을 품은 채 숨을 거두는 것일까. 구현성은 자신의 비밀이 어떤 설말로 이어질지 누려웠다.

이문조는 홈세이프빌딩 805호가 적들의 아지트라는 걸 확신했다. 복면을 쓴 다섯 명은 한 시간이 지나도 집 밖으로 나오지 않았다. 이문조는 805호의 방화셔터를 내려 적들을 고립시킬 생각이었지만 자동잠금장치는 작동하지 않았다. 모니터를 들여다보던 누군가 말했다.

"홈세이프빌딩 팔층으로 가서 수동으로 조작하는 방법밖에 없습니다."

이문조는 고개를 돌려 윤정우를 보았다. 윤정우는 눈치가 빨랐다. 홈세이프빌딩에 문제가 생긴 거라면 자신이 가는 게 당연하다고 생각했다.

"제가 갔다 오겠습니다."

"긴급상황이 발생하면 무리하지 말고 돌아와. 그리고 이거."

윤정우는 무전기와 가스총을 받아들었다. 가스총은 여섯 발을 발사할 수 있었다. 옆에 있던 조천웅이 끼어들었다.

"제가 같이 따라갔다 올 거니까 모두들 안심하고 걱정 마세요."

"됐어요. 저 혼자서도 충분해요."

"충분하지 않고요, 제가 못 고치는 게 없거든요. 그리고요, 제가 지금 여기가 숨이 막히고 답답해서 죽어버릴 것 같거든요. 얼른 나가면 안 됩니까?"

"그래, 같이 갔다 와. 위급한 상황에서는 천웅이 같은 기술자한 명 있으면 든든하지."

윤정우는 조천웅과 함께 움직이는 게 싫었지만 이문조의 말을 듣고 보니 그래도 함께 가는 게 낫겠다 싶었다. 조천웅은 이야기를 나누기엔 형편없는 인간이지만 일을 맡기기엔 믿음직한 기술자였다. 이문조는 두 사람에게 홈세이프빌딩으로 가는 길을 설명해주었다. 비밀관리실과 빌딩 사이에는 각각 두 개의 통로가 있다. 하나는 오는 길, 하나는 가는 길. 조천웅이 앞장섰고 윤정우가 뒤따랐다. 조천웅은 올 때처럼 좁은 통로를 네 발로 기면서 숫자를 셌다. 뒤따라가던 윤정우 역시 숫자를 세고 있는 조천웅의 목소리를 듣는 게 좋았다. 오백오십삼이라는 숫자와 함께 통로 끝의 문을 열고 나와보니 익숙한 장소였다. 지하로 내려가다가 윤정우가 깜짝 놀랐던 곳, 기적처럼 매달려 있던 1F/B1의 표지판 아래에 비밀통로가 있었다. 비밀관리실은 숫자로는 존재하지 않는 공간이었다. 일층과 지하 일층 사이의 어떤 곳이었고, 슬래시(/)처럼 아무도 존재를 눈치채지 못하는 아주 얇은 공간이었다. 좀 전에는 표지판에서 'FBI'라는 글자가 보였지만 이번에는

슬래시가 크게 보였다. 일층이나 지하 일층 표시보다 슬래시가
더 크게 보였다.

　윤정우와 조천웅은 플래시를 비추며 팔층까지 계단을 올랐다.
윤정우도 조천웅도 계단의 수를 세지는 않았다. 조천웅은 혼자서
알아들을 수 없는 말들을 웅얼거렸지만 평소보다 작은 목소리였
다. 팔층에 가까워질수록 웅얼거리는 소리는 작아졌다. 팔층의 복
도는 조용했다. 플래시를 비출 수 없었기 때문에 두 사람은 눈이
어둠에 익숙해질 때까지 기다렸다. 간신히 사물을 구별할 수 있게
되자 윤정우가 먼저 움직였다. 복도를 천천히 걸어가서 805호 입
구에 있는 수동잠금장치를 작동시킬 계획이었다. 조천웅이 윤정
우 뒤를 바싹 따라붙었다. 805호 문 앞에 도착한 윤정우는 마스터
키로 킨트롤박스를 연 다음 수동잠금장치를 작동시켰다. 둔탁한
소리와 함께 철제 방화셔터가 바닥으로 떨어졌다. 거대한 코끼리
가 공중에서 떨어진 듯한 소리였다.

　"본부, 잡았습니다. 방화셔터 작동시켰어요."

　윤정우가 무전기에다 대고 소리를 질렀다. 윤정우는 미식축구
에서 터치다운을 한 선수의 기분이 이렇지 않을까 생각했다.

　"본부는 무슨 본부예요, 우리가 무슨 특공대인 줄 아시나봅니
다."

　조천웅이 빈정거렸다.

"아, 윤정우, 수고했어."

무전기 저편에서 목소리가 들렸다. 윤정우는 복도의 CCTV를 향해 브이자를 그려 보였다.

"윤정우, 그런데 왜 화면이 안 보이지? 어디 있는 거야?"

"지금 805호 문 앞에 있는데요? 제가 안 보여요?"

"아무것도 안 보이는데?"

윤정우는 조천웅을 보았다. 조천웅은 컨트롤박스에서 방화셔터 스위치를 다시 올렸다.

"뭐하는 거예요?"

"이거는요, 우리가 속은 거거든요. CCTV 화면은 옛날 거고, 저기 안에는 아무도 없잖아요."

방화셔터가 올라가자 조천웅이 집 안으로 뛰어들어갔다. 주방에 이십대 후반의 여자가 묶여 있었다. 두 팔은 의자에, 두 다리는 식탁 다리에 묶여 있었고 입에는 테이프가 덕지덕지 붙어 있었다. 입에서 테이프를 떼어내자 여자가 소리를 질렀다. 그동안의 공포가 내장에서 올라와 입속에 쌓여 있다가 한꺼번에 터져버린 것이다.

복면을 쓴 다섯 명의 남자가 나타난 시각은 정확히 열시 십분이었다. 그 영상이 한참 있다가 CCTV에 나타난 것이다. 비밀관리실의 컴퓨터와 CCTV를 제어할 수 있는 권한은 이미 비혼개발

직원들에게 넘어가버린 뒤였고 그동안 비밀관리실의 관리자들이 모여서 본 것은 재방송일 뿐이었다. 그 시간 비혼개발 직원들은 이미 네오타운을 장악하고 있었다.

그날 네오타운에 투입된 특공직원은 모두 서른 명이었다. 복면을 쓴 다섯 명은 전시용일 뿐이었다. 네오타운에서 뭔가 벌어지고 있다는 느낌을 주기 위한 대표선수들이었다. 서른 명의 진짜 특공직원은 오십 개가 넘는 빌딩을 마음대로 휘젓고 다녔다. 모든 경비시스템이 작동되지 않았고 전기도 공급되지 않았다. 문을 잠글 수도 없었고 경찰도 투입되지 않았다. 비혼개발은 구현성과의 약속과는 달리 사람을 죽이는 일 말고는 모든 걸 허락했다. 비혼개발의 목적은 단순했다. 네오타운 전체가 겁을 먹도록 하는 것이다. 특공직원들은 물건이나 돈을 훔치기도 했고, 마음에 들지 않는 사람을 폭행하기도 했고, 시설물을 때려부수기도 했다. 평소에는 평범한 직원들이었지만 특공직원이라는 이름을 붙이고 복면을 쓰게 하자 눈빛이 달라졌다. 특공직원들이 철수한 것은 새벽 두시였다. 네 시간 동안 이억팔천만원을 도난당했으며 서른여섯 명이 폭행당했다. 그중에는 경비원도 다섯 명이나 있었다. 대부분의 사람들은 무슨 일이 일어나는지도 모른 채 어둠 속에서 특공직원들에게 폭행당했다.

사건이 거기에서 끝났다면 '암흑 속의 테러'라고 이름붙이는 게 맞겠지만 공식 명칭이 '암흑 속의 전투'로 정리된 것은 순전히 윤정우와 조천웅 때문이었다. 홈세이프빌딩 팔층에서 허탕을 치고 내려오던 두 사람은 홈세이프빌딩 삼층에서 특공직원 세 명과 마주쳤고, 난투극을 벌인 끝에 그중 한 명을 붙잡았다. 조천웅은 주먹에 맞아 이 하나가 부러지고 입술이 터졌지만 연신 웃으면서 뭐라고 중얼거렸다.

특공직원이 지니고 있던 휴대용 내비게이션이 전투의 시작이었다. 내비게이션으로 특공직원들의 위치를 알 수 있었다. 내비게이션에는 네오타운 내 각 건물의 구조와 시스템 상태 등이 상세하게 나타났다. 작전을 위해 새롭게 만들어진 내비게이션이었다. 암흑 속에서 적과 아군을 구별하기 위해 특공직원들의 위치가 내비게이션에 찍히도록 설계해둔 것이다. 이문조는 "오늘이야말로 건물관리자들의 힘을 보여줄 수 있는 절호의 기회"라며 건물관리자들을 선동했다. 건물관리자들은 비밀관리실을 버리고 지상으로 나왔다. 홈세이프빌딩 경비실에 작전본부를 차린 건물관리인연합은 배터리가 남아 있는 노트북과 특공직원에게서 빼앗은 내비게이션, 휴대용 무전기, 가스총으로 특공직원과 맞서 싸웠다. 건물관리인연합은 한 시간 만에 특공직원 여섯 명을 붙잡았고, 뒤늦게 도착한 경찰에 넘겨주었다. 다음날 아침 전력과 시스템이 복구되었을 때 건물관리인연합은 늘 가던 삼겹살집에서 회식을 했다. 몇몇은 전투의 흥분이 가시지 않은 상태로 술을 많이 마셨고, 몇몇은 특공직원과의 싸움에 대해 시나질 정도로 상세하게 설명했다. 구현성은 끝내 나타나지 않았다. 이문조는 구현성이 모든 사건의 열쇠를 쥐고 있을 것이라고 생각했지만 생각을 더 발전시키기엔 몸이 너무 피곤했다. 구현성은 전화를 받지 않았다.

네오타운 '암흑 속의 전투'가 있은 지 몇 년이 지났지만 아직까지도 많은 부분이 의문투성이다. 수많은 신고전화가 있었는데도 경찰은 어째서 그렇게 늦게 출동하였고, 출동한 후에도 별다른 작전을 벌이지 않았는가. 전력센터에서는 어째서 다음날 아침까지 정전을 방치해두고 있었는가. 붙잡힌 특공직원 일곱 명은 어째서 생계형 단순절도범으로 분류되어 벌금형으로 끝나고 말았는가. 비혼개발은 어째서 갑자기 모든 재개발사업을 중단하게 됐는가. 모든 사람들이 궁금해하지만 아무도 진실을 밝혀내려고 하지는 않는다. 네오타운은 이제 모두에게 잊혀진 이름이기 때문이다. 네오타운은 '암흑 속의 전투'를 기점으로, 각도를 가늠하기 힘들 정도의 가파른 내리막길로 내리꽂혔다. 오피스타운과 상가는 스러지기 직전의 문화재 같은 인상을 주었고, 겉만 슬쩍 훑어봐도 '사무실 열면 안 되는 지역 1위'나 '장사 안 되는 지역 1위'일 수밖에 없는 분위기로 바뀌었다. 모든 것이 자동으로 움직이던 시스템은 사건이 있은 후에 전면 수동으로 바뀌었고, 한번 수동으로 바뀌고 나자 모든 것이 걷잡을 수 없이 낡아갔다. 암흑의 밤이 지난 후 구현성은 자취를 감추었고 네오타운 건물관리자연합은 공식 해산했다. 공식 해산을 결정한 것은 네오타운 테러사건에 대해 책임을 지겠다는 제스처일 뿐, 건물관리자연합은 아직까지 지하조직으로 활동하고 있다. 지금은 이문조가 회장을, 윤정우가 부회장을 맡고 있다.

SM이라는 말을 만들어낸 것은 윤정우였다. 그는 건물관리자회보의 칼럼에서 처음으로 SM이라는 단어를 사용했는데, 건물관리자들은 윤정우의 글에 깊은 감동을 받았다.

저는 늘 계단을 이용합니다. 오층이든 십층이든 언제나 계단으로 올라갑니다. 처음에는 운동을 목적으로 시작했지만 이제는 계단을 밟지 않으면 마음이 불안합니다. 계단을 올라가고 내려갈 때마다 저는 늘 층을 알리는 작은 표지판을 봅니다. 표지판은 층과 층 사이에 있습니다. 일층과 이층 사이, 이층과 삼층 사이, 삼층과 사층 사이…… 저는 그 표지판들을 볼 때마다 우리의 처지 같다는 생각을 하곤 합니다. 특히 숫자와 숫자 사이에 있는 슬래시 기호(/)를 볼 때마다 우리의 처지가 딱 저렇구나 하는 생각을 합니다. 사람들은 각자의 층에서 행복하게 살고 있지만 우리는 언제나 끼어 있는 사람들입니다. 이곳도 저곳도 아닌, 그저 사이에 있는 사람들입니다. 지하 일층과 일층 사이, 일층과 이층, 이층과 삼층, 층과 층 사이에 우리들이 살고 있습니다. 하지만 우리는 기억해야 합니다. 슬래시가 없어진다면 사람들은 엄청난 혼란을 겪을 것입니다. 우리는 아주 미미하지만 꼭 필요한 존재들인 것입니다. 누군가 저의 직업을 물어본다면 저는 자랑스럽게 슬래시 매니저(Slash Manager)라고 대답할 것입니다. 여러분도 여러분의 직업을 자랑스럽게 얘기하시길 바랍니다.

건물관리자회보에 실린 윤정우의 글은 네오타운 사람들 사이에서 유명한 글이 되었지만 딱 한 사람 조천웅만큼은 시큰둥한 반응을 보였다. 칼럼을 다 읽은 조천웅은 혼자서 중얼거렸다.

"그거는요, 그냥 일층 위에 이층 있고, 이층 위에 삼층 있다는 표시거든요. 뭘 잘 알지도 못하면서 슬래시 아무 데나 쭉쭉 그어놓으면 큰일나거든요."

윤정우는 여전히 홈세이프빌딩의 관리를 맡고 있다. 환기가 잘 되지 않는 지하의 관리실에서 잠을 자고 책을 읽고 글을 쓰고 있다. 윤정우는 건물관리자들을 위한 책을 준비하고 있다. 『지하에서 옥상까지』보다 더 훌륭한 책을 쓰기 위해 밤마다 작은 등 아래에서 글을 쓴다. 기계 소리 때문에 관리실 문은 닫을 수밖에 없지만 비밀관리실로 가는 작은 통로의 문은 열어놓고 글을 쓴다. 책상을 아예 한쪽으로 옮겨놓고 통로를 열어두었다. 그곳에서는 늘 바람이 불어왔다. 윤정우는 그 바람이 쓸쓸한 관리자들을 하나로 묶어준다고 생각했다. 모든 통로가 이어져 있다는 것은 얼마나 위로가 되는가. 윤정우는 가끔 어두운 통로에다 머리를 들이밀고 소리를 질러보기도 했다. "아" 하고 소리를 지르면 어디선가 "아" 하는 소리가 들렸다. 그게 메아리인지 아니면 또다른 관리자의 대답인지는 알지 못하지만, 누군가 자신의 목소리에 대꾸했다고 생각하면 한결 마음이 편안해졌다. 윤정우는 지하관리실의 모든 통로를 하나로 연결시켜둔 구현성이 고마웠다.

유리의 도시

가로 세로 십 미터 크기의 대형 유리가 바닥으로 떨어졌을 때 그 아래에 있던 사람들은 아무런 위험을 감지하지 못했다. 하늘에서 뭔가 떨어질 때는 땅에다 그림자를 만들게 마련이지만 유리는 그렇지 않았다. 빛을 가로막지도 않았고, 그림자가 생기지도 않았다. 추락 예상 구역의 땅에다 빛나는 사각형을(보는 사람에 따라서는 빛나는 마름모를) 만들었을 뿐이다. 대형 유리는 길을 지나던 다섯 명의 머리 위로 떨어졌고, 그중 세 명은 그 자리에서 숨졌다. 한 명은 대형 유리의 모서리가 눈을 관통한 후 뒷골로 튀어나왔고, 한 명은 커다란 유리 파편이 몸을 두 동강 냈다. 나머지 한 명은 온몸에 수천 개의 유리 파편이 박혀서 형체를 알아볼 수 없을 정도로 훼손됐다. 유리의 추락지점에서 조금 떨어져 있던 두 명은 살갗 여기저기 유리 파편이 박혔지만 생명에는 지장이 없었다. 서울시 광찬구 미온동에서 벌어진 이 사고는 첫번째 유리 사고로 기록됐다.

재해방지대책본부 도심팀장 이윤찬은 사고 발생 후 삼십 분이 지나서 현장에 도착했다. 시신과 부상자 들은 이미 병원으로 옮긴 뒤였다. 현장을 보존하기 위해 통제선이 만들어졌지만 애당초 통제가 불가능한 현장이었다. 유리 파편은 사방으로 튀었고, 파편의 흔적을 찾는 것도 의미없는 일이었다. 사고 직후 비가 내리는 통에 파편은 모두 사방으로 흘러가버렸다. 유리 파편을 모두 그러모아 대형 유리를 복원한다고 해서 사건이 해결될 것도 아니었다. 다섯 개의 핏자국 덩어리를 중심으로 통제선이 만들어졌다. 세 개의 데스마크가 하얀색 분필로 그려져 있었다. 이윤찬은 유리 파편 하나를 샘플로 채취한 다음 유리가 붙어 있던 10층으로 올라갔다. 인터넷과 휴대전화 서비스를 주로 하는 통신회사 건물로, 10층에는 신규사업개발팀과 대외홍보팀이 사무실을 나눠 쓰고 있었다. 한쪽 벽이 휑뎅그렁하니 비어 있었고, 열댓 명의 직원들은 멀찍이 떨어져서 유리창이 있던 곳을 우두커니 바라보고 있었다. 유리창이 있던 벽 주변으로도 통제선이 만들어졌다. 통제선 안쪽에서는 정남중 형사가 왼쪽 무릎을 꿇은 채 바닥을 살피고 있었다. 이윤찬은 신분증을 보이고 통제선 안쪽으로 들어갔다. 정남중이 일어섰다.

"이팀장님 오랜만에 뵙네요. 요즘엔 통 볼 일이 없어서 좋았는데……"

"뭐 좀 찾았어?"

"아무것도 없어요. 아주 깨끗해요. 파편 하나 없는데요? 전문가가 오셨으니 해결해주셔야죠. 전 이렇게 쪼그리고 앉아서 뭐 찾아내는 건 딱 질색이잖아요."

"목격자는?"

"저 사람들이 다 목격자죠."

정남중은 손가락으로 직원들을 가리켰다. 직원들은 멍한 얼굴로 유리창이 있던 자리를 보고 있었다.

"그런데 목격자 필요도 없어요. 일하고 있는데 갑자기 유리가 떨어진 거래요. 아주 조용히."

"조용히?"

"소리를 들은 사람이 아무도 없어요. 유리가 바닥에 부딪칠 때만 쾅, 하는 소리가 났대요. 아무래도 자살이라고 봐야겠죠?"

"자살이라니, 무슨 소리야?"

"모든 정황을 종합해봤을 때 유리의 자살로 마무리지을 수 있지 않을까요? 여기 벽에 붙어 있다가 너무 힘들어서 아래로 뛰어내린 거죠. 그늘이 없어서 너무 힘들어요. 그러면서, 사무실 안

넝, 하면서 말예요. 하하하."

"쓸데없는 소리 말고 1층으로 가봐. 난 여기 좀더 살펴보고 갈 테니까."

"네, 팀장님. 저쪽은 좀 미끄러우니까 조심하세요."

이윤찬과 정남중은 소속이 달랐다. 이윤찬은 재해방지대책본부 소속이었고, 정남중은 도심테러격파본부 소속이었다. 그렇지만 사건 현장에서 만나는 일이 많았다. 재해와 테러의 구분이 모호한 사건이 일어나면 둘은 현장에서 함께 감식했다. 가끔 서로에게 도움이 되기도 했지만 의견이 다를 때가 더 많았다. 이윤찬이 정남중보다 나이가 열 살 많았고 자연스럽게 정남중은 이윤찬에게 팀장이라는 호칭을 붙였다. 소속이 다르면 굳이 그럴 필요가 없지만 팀장님이라고 존칭을 붙인 다음 아무렇게나 하고 싶은 말을 하는 게 정남중의 성격이기도 했다. 그런 성격은 얼굴에도 드러났다. 정남중의 얼굴에 들어차 있는 눈썹과 눈꼬리와 입술과 콧날은 모두 선이 굵었고, 유쾌해 보였다. 이윤찬 역시 얼굴의 선이 굵은 편이긴 했지만 입술이 너무 얇아 시원하다는 인상보다는 섬세하고 예민해 보이는 쪽이었다.

이윤찬은 정남중이 가고 난 다음 오랫동안 유리창이 있던 자리를 살펴보았다. 창틀은 깨끗했다. 충격을 받은 흔적도 없었고, 칼로 도려내거나 뜯어낸 흔적도 없었다. 정남중의 말처럼 유리가 자살을 하지 않고선 이렇게 흔적이 없을 리 없었다. 이윤찬은 창틀과 바닥의 사진을 찍은 다음 바깥으로 고개를 내밀고 아래를 내려다보았다. 10층 아래의 바닥이 가까워 보였다. 사방으로 흩어진 유리 조각 중 일부가 햇빛에 반짝거렸다. 죽은 사람들의 자리를 따라 하얀색 마커가 칠해져 있었다. 이윤찬은 커다란 유리가 아래로 떨어지는 장면을 상상해보았다. 거대한 고목이 그대로 꼬꾸라지듯 날카롭고 투명한 유리 덩어리가 아래로 떨어지는 장면을 상상해보았다. 바닥에 떨어지면서 몇 사람의 머리를 때리고 눈을 관통하고 파편을 박은 다음 사방으로 뿔뿔이 흩어지는 유리 조각들을 상상해보았다. 아름다웠을지도 모르겠다는 생각이 들자, 이윤찬은 고개를 저으며 아래로 내려갔다.

두번째 유리 사고는 사흘 후에 일어났고, 다시 이틀 후에 세번째 유리 사고가 일어났다. 두번째는 4층, 세번째는 8층이었다. 두번째 사고 때는 죽은 사람이 없었지만 세번째에는 일곱 명이나 죽었다. 함께 어울려 걸어가던 여고생 네 명이 즉사했고, 나머지 세 명은 수백 개의 유리 파편이 박힌 채 병원으로 옮겨졌지만 모두 하루를 넘기지 못했다. 어느 곳에도 흔적이 없었다. 창틀은 깨끗했고 누군가 손을 댄 흔적도 없었다. 유리가 스스로 떨어졌다고 볼 수밖에 없는 사고 현장이었다.

이윤찬은 세 곳의 공통점을 찾아낼 수 없었다. 세 곳 모두 서울이라는 것 말고는 공통점이 없었다. 위치도 달랐고 사무실의 업종도 달랐고 층수도 달랐고 유리의 크기도 달랐고 떨어진 시각도 달랐다. 공통점이라고는 유리가 떨어졌다는 것, 조용히 떨어졌다는 것, 어디에도 손을 댄 흔적이 없다는 것뿐이었다. 동일한 사건임을 알 수 있게 해주지만 사건 해결에 별 도움이 안 되는 공통점이었다.

텔레비전 뉴스에서는 유리 추락 사고를 비중있게 다뤘다. 전문가 여러 명—건축가, 유리공예전문가, 재난대책전문가 등—을 스튜디오에 초대해 집중 토론을 벌이기도 했고, 어떻게 걸어야 추락하는 유리로부터 안전한지, 몸에 유리 파편이 박혔을 때는 어떻게 해야 하는지를 다룬 프로그램도 급하게 만들어 내보냈다. 하늘을 바라보며 길을 걷는 사람들이 많아졌다. 이윤찬도 길을 걸으며 하늘을 바라보았다. 높은 건물들이 자신을 빙 둘러싸고 있었다. 거기에는 수천수만 개의 유리가 위태롭게 매달려 있었다. 어떤 유리가 떨어질지 알 수 없었다. 유리가 떨어지는 것을 알아차린다고 해도 피할 수 있을지 의심스러웠다. 텔레비전에서도 비슷한 실험을 한 적이 있다. 지상에다 카메라를 설치해두고 5층 높이에서 유리를 떨어뜨리는 실험이었다. 유리가 떨어지는 모습은 거의 보이지 않았다. 하늘을 유심히 바라보고 있다면 빛이 반사되는 순간 유리를 확인할 수 있지만 반짝이는 순간은 아주 짧았다.

카메라 바로 앞까지 왔을 때에야 '아, 무언가 앞에 있구나'를 감지할 수 있었고, 그러고 나면 곧바로 유리 깨지는 소리가 들렸다. 실험 결과는 간단했다. 떨어지는 유리를 피하기는 힘들다. 건물에 최대한 붙어서 걷는 것이 가장 안전한 방법이었다.

이윤찬은 하성우라는 건축가를 만나 자문을 얻기로 했다. 우선 유리에 대해 알아야 했다. 하성우는 '걷기 좋은 도시 만들기 건축가 모임'의 창립자이자 유리 건축의 일인자로 불리는 인물이었다. 초강화유리를 생산하는 업체의 자문위원이기도 했다. 시내 한가운데 있는 유리 마천루도 그의 작품이었다. 이윤찬은 하성우의 첫인상이 좋지 않았다. 하성우를 만나기 위해 대기실에서 삼십 분이나 기다려야 했고, 사무실에 들어가서도 계속 걸려오는 전화를 받고 바쁜 척해대는 하성우가 못마땅했다. 하성우의 사무실은 자신이 직접 설계한 건물의 5층에 있었는데, 사방이 온통 유리였다. 하성우의 사무실에 처음 들어섰을 때 이윤찬은 텅 빈 허공으로 들어서는 듯한 기분이었다. 책장도 유리였고, 창문은 당연히 유리였고, 책상도 유리였고, 테이블도 유리였다. 공간은 한없이 넓어 보였고, 모든 것이 유리여서 머리가 어질어질했다. 커다란 창문을 등진 하성우의 얼굴에는 옅은 그늘이 드리워져 있었다.

"유리 사고를 조사하신다고요?"

"재해방지대책본부의 이윤찬이라고 합니다."

"짧게 끝냅시다. 서로 바쁠 테니까요. 제 생각을 말씀드릴게요. 이건 재해가 아니라 살인사건입니다."

"유리의 문제가 아니란 말씀인가요?"

"당연하죠. 누군가 의도적으로 유리를 떨어뜨린 겁니다. 그쪽으로 방향을 잡는 게 좋을 겁니다."

"지금까지 유리가 추락한 사건이 없었나요?"

"물론 있었죠. 하지만 그건 오래전 얘기예요. 유리는 이윤찬씨가 생각하는 것보다 훨씬 튼튼합니다. 그렇게 허술하게 떨어져내린다는 건 말이 안 되죠."

"사고가 났던 창문은 어떤 종류의 유리였나요?"

"그런 기본적인 조사는 하고 나서 전문가를 찾아야 하는 거 아닙니까?"

"지금 기본적인 조사를 하고 있지 않습니까."

"전문가에 대한 예의가 아니죠."

"미안하게 됐군요. 이왕 예의가 아닌 김에 기본적인 거 하나만 더 물어보겠습니다."

"그러십시오."

"하성우 선생님이 의도적으로 유리를 떨어뜨릴 생각이라면 어떤 방법을 쓰겠습니까?"

"내가 왜 그런 생각을 하겠습니까."

"생각이 아니라 방법을 물어본 겁니다."

"생각이 있어야 방법을 궁리하죠."

"기술적인 걸 여쭤본 겁니다."

"제대로 된 질문이 아니면 제대로 된 답을 얻을 수 없죠. 자, 제가 한가한 편이 아니라서요."

이윤찬은 하성우의 말에 떠밀려 밖으로 나왔다. 이윤찬은 하성우의 반응이 지나치게 방어적이라고 생각했다. 얼굴은 여유 있는 듯 웃고 있었지만 온몸이 짜증을 내고 있었다. 바쁘기 때문에 그런 것이라고 넘겨버리기에는 방어막이 지나치게 두꺼웠다. 이윤찬은 유리공장을 찾아가보기로 했다. 하성우의 말에도 일리가 있었다. 제대로 된 답을 얻기 위해서는 제대로 된 질문을 해야 하고, 제대로 된 질문을 하기 위해서는 제대로 된 의문이 있어야 한다. 하지만 이윤찬이 유리공장에 도착하기도 전에 네번째 유리 사고가 터졌다. 네번째 사고가 난 곳은 두번째 사고 장소와 세번째 사고 장소의 중간지점이었다. 사망자는 없었고 부상자가 다섯 명 있었다. 이윤찬은 차를 돌려 사고 장소로 향했다. 정남중이 이미 와 있었다.

"죽겠네요, 이거."

"아무것도 없어?"

"이번에도 깨끗해요. 떨어진 유리 성분검사 결과는 안 나왔어요?"

"응, 아직."

"그거라도 나와야 뭔가 감이 잡히지, 도대체 어디서부터 시작해야 될지 모르겠어요."

"주변 탐문수사 해봤어?"

"아뇨, 해보나 마나죠 뭐. 깨끗하게 떨어졌고, 소리를 들은 사람도 아무도 없고, 똑같겠죠. 유리들이 자살을 해버리니, 이거 원, 타이를 수도 없고 윽박지를 수도 없고."

"어디 가서 그런 소리 하지 마."

"무슨 소리요?"

"유리가 자살하네 어쩌네."

"농담인데 어때요."

"농담이라도 그런 소리 흘리고 다니지 마."

"아유, 성격도 참 까다로우셔. 알았어요. 절대 유리는 자살하지 않는 걸로 제가 결론을 내려드리죠. 우리나라는 유리 자살률이 전 세계에서 가장 낮은 나라 아니겠습니까. 하하하."

이윤찬은 정남중의 말을 아예 외면했다. 사고 발생지점은 16층이었다. 한두 방울의 빗방울이 아래로 떨어졌다. 이내 빗줄기가 많아졌다. 그리고 굵어졌다. 건물 안쪽으로도 빗방울이 튀어들어왔다. 대형 쇼핑몰 건물이었고 16층은 식당가 자리였지만 아직 입주한 상가는 없었다. 이윤찬은 빗방울을 피해 두 걸음 뒤로 물러섰다. 정남중은 이윤찬의 뒤에서 유리가 있던 자리를 바라보았다. 바람이 거의 없는지 비는 일직선으로 아래로 떨어졌다. 빗줄기 사이로 작은 물보라가 일었다. 두 사람은 사라진 유리 저편의 빗줄기를 말없이 지켜보았다. 오 분이 지나자 빗줄기는 가늘어졌다. 이윤찬은 창가로 가서 고개를 내밀고 건물 아래를 내려다보았다. 바닥이 미끄러웠다. 정남중도 이윤찬의 옆으로 와서 건물 아래를 보았다. 까마득한 바닥에 물방울과 유리의 파편이 함께 반짝이고 있었다.

이틀 후, 검사 결과가 나왔다. 유리의 성분검사 결과는 흥미로웠다. 초강화유리가 파손되는 이유는 유리를 가공할 때 생기는 미세한 흠집이나 균열 때문이다. 균열이 오랜 시간 천천히 넓어지면서 힘을 견디지 못하고 결국에는 갈라지고 만다는 것이다. 유리를 만드는 과정에서 니켈이나 황 같은 불순물이 들어갔을 때는 폭발하기도 한다. 잘못 만들어진 유리가 언제 폭발할지는 아무도 모른다. 일 년 후일 수도 있고, 십 년 후일 수도 있다. 세 곳의 사고 현장에서 채취한 샘플에는 특이한 성분이 포함돼 있었다. 니켈이나 황이 아니라 알루미노코바륨이 유리 속에서 검출됐다. 초강화유리는 유리의 표면을 화학처리하여 미세균열을 없앤 것인데, 알루미노코바륨은 사라진 미세균열을 다시 도드라지게 만든다. 사라졌던 균열이 되살아나는 것이다. 검사관은 검사 결과가 적힌 종이를 이윤찬에게 건네면서 누군가 의도적으로 유리 속에다 알루미노코바륨을 넣었을 것이라고 말했다. 이윤찬은 검사 결과를 보면서 범인의 의도를 읽어보려 했지만 길게 나열된 성분 이름과 숫자만으로는 알 수 있는 게 없었다. 검사관이 이윤찬에게 말했다.

"문제는 말이야, 알루미노코바륨이 아주 희한한 물질이란 거야."

"희한하다는 게 어떤 뜻입니까?"

"주위 환경에 아주 민감하지."

"쉽게 변한다는 말씀인가요?"

"쉽게 변하기도 하지만 변하게 하기도 쉬워. 알루미노코바륨은 아마 특정 물질에 민감하게 반응할 거야. 범인은 그게 뭔지 알고 있겠지. 원하는 순간에 원하는 유리를 박살낼 수 있는 거야."

"끔찍하군요."

이윤찬은 혼잣말처럼 중얼거렸다. 재해가 아니라 살인이므로 정남중에게 사건을 넘겨야 했지만 이윤찬은 선뜻 마음을 정할 수 없었다. 원하는 순간에, 원하는 장소의 유리를 박살낼 수 있는 거라면, 인간이 만들어낼 수 있는 최대 규모의 재해가 될 수도 있다. 자신의 힘으로 범행 이유를 밝혀내고 싶기도 했다. 이윤찬은 정남중을 불러내 검사 결과를 설명한 다음 공조수사를 제안했다. 정남중으로서는 밑질 게 없었다. 자신에게 온전히 사건을 떠맡기 대도 불평할 구실이 없었다. 불특정 다수를 향한 살인이자 테러였으니 자신이 맡아야 할 사건이었다.

"제가 유리공장들을 뒤질 테니까 팀장님이 사고 현장의 다른 유리들을 확인해주시죠. 인원 보강도 좀 해야겠어요."

"그러지. 유리공장 조사하면서 사고 유리 제조연도도 좀 알아 봐."

"아, 정말, 섭섭하게 저를 완전 초짜로 보시네. 팀장님, 그 정도는 제가 알아서 딱, 딱, 정리하죠."

도심테러격파본부 정남중이 공식적으로 사건을 맡고, 열 명으로 특별팀을 꾸렸다. 재해방지대책본부는 도심테러격파본부를 지원하는 형식으로 팀을 꾸렸고, 이윤찬이 팀을 맡았다. 팀원은 이윤찬을 포함하여 세 명이었다.

다음날 정남중은 팀을 이끌고 유리공장이 빼곡하게 들어차 있는 서울시 외곽의 유리거리를 헤집고 다녔다. 유리거리에는 서른 개 정도의 공장이 한 줄로 늘어서 있었고, 가게 앞에는 유리를 실어나르기 위한 트럭이 한 대씩 서 있었다. 가게 안에 있는 것도 유리였고, 트럭에 실린 것도 유리였고, 모든 게 유리였으므로 거리는 투명해 보였다. 햇빛이 모든 공간을 꿰뚫고 지나가고 있는 듯했다. 대부분의 유리에는 사고를 예방할 목적으로 한가운데에다 엑스자 형태의 테이프를 붙였는데, 유리를 옮길 때마다 엑스자가 허공으로 둥둥 떠다녀서 유리거리의 첫인상을 몽롱하게 만들었다. 좀처럼 보기 힘든 기이한 풍경이었다. 정남중은 수많은 유리에 압도당해 한참 동안 거리 입구에서 발을 떼지 못했다.

정남중은 유리거리에서 두 가지 사실을 알아냈다. 유리거리의 가게들은 소형 유리만 생산했다. 소형 유리에는 생산자의 고유한 패턴이 유리에 박혀서(이것을 유리번호라고 불렀다) 파편만 보고도 누가 생산한 것인지 알아낼 수 있지만 대형 유리에는 유리번호가 붙지 않는다. 정남중은 사고가 났던 장소를 떠올려보았다. 모두 대형 유리였다. 정남중은 이윤찬에게 전화를 걸어 사실을 알렸다. 이윤찬은 사고 유리의 크기를 확인했다. 가장 작은 유리가 세로 삼 미터짜리였다. 이윤찬은 사고 유리가 모두 최근 이 년 내에 시공한 대형 유리라는 사실을 확인했다. 리파인 팩토리가 유행이었다. 건물을 부수지 않고 외관만 유리로 교체하는 방법이었다. 외관만 유리로 바뀌면 새 건물처럼 보일 수 있었다. 리파인 팩토리는 상층에서부터 하층을 향해 한 층씩 공사를 진행하며, 기존 외장을 떼어내고 유리만 붙이면 되기 때문에 건물을 폐쇄하지 않아도 상관없었다. 영업을 하면서 공사를 진행할 수 있기 때문에 건물주에게 부담이 적었다. 사고 유리 모두 최근 이 년 내에 리파인 팩토리를 통해 시공된 것이었다. 시공자는 모두 달랐다. 대형 유리를 생산하는 업체는 세 군데였고, 사고 유리는 모두 같은 회사에서 생산된 것이었다. 간단하게 답이 나왔다. 이윤찬과 정남중은 유리회사에서 만나기로 했다.

"저희는 모든 공정을 엄격하게 관리하고 있습니다. 그런 불순물이 끼어들 여지가 없죠."

유리회사인 커튼글라스의 매니저가 단호하게 말했다. 자신을 모욕했다고 생각한 것인지 얼굴이 붉어졌다. 정남중이 야기죽거리며 물었다.

"사람이란 게 실수도 할 수도 있고 그런 거죠. 백 퍼센트란 건 불가능하잖아요. 안 그래요?"

"보시면 알겠지만 모든 게 기계로 컨트롤됩니다. 누군가 불순물을 첨가한다면 기계가 오작동을 일으킬 겁니다."

"그럼 기계가 믿는 사람이겠군요. 불순물을 첨가해도 기계가 의심하지 않는 사람."

"도대체 무슨 얘길 하는 겁니까."

정남중은 자신의 농담에 만족하며 혼자 웃었다. 이윤찬이 얼굴을 찡그리더니 매니저를 향해 물었다.

"알루미노코바륨이 뭔지는 아시죠?"

"네, 압니다."

"알루미노코바튬이 유리에 끼어들어갔을 때 특정 물질에 민감하게 반응한다고 하는데 그게 뭔지 아십니까?"

"글쎄요."

"회사 내에 그걸 알 만한 사람이 있습니까?"

"연구원들이 따로 있습니다만, 그 사람들은 다른 곳에서 일을 하는데요."

이윤찬과 정남중은 연구소로 향했다. 조수석에 앉아 있던 이윤찬은 자동차 창을 손가락으로 툭 건드려보았다. 두께가 손가락으로 전해졌다. 어떤 힘이 이런 유리를 깰 수 있는 것일까. 이윤찬은 주먹을 쥐고 유리를 쳐보았다. 터엉, 하고 유리가 울렸다. 운전하던 정남중이 고개를 돌렸다.

"혹시 팀장님이 범인 아니에요? 유리와 원한관계가 있어 보이는데요."

"왜 하필 유리일까."

"하필이라니요?"

"왜 유리를 부술 생각을 했을까."

"흔하니까. 어디에서나 보이니까. 저기 보세요. 전부 유리잖아요."

"그게 이유가 돼?"

"저 유리들이 한꺼번에 바닥으로 쏟아져내린다고 생각해보세요. 끔찍하잖아요. 범인도 그런 생각을 했나보죠."

이윤찬은 자동차 앞유리 쪽으로 고개를 들이밀고 높게 솟은 건물을 올려다보았다. 사방의 건물이 거리를 둘러싸고 있었다. 건물에 붙어 있는 수백만 장의 유리가 한꺼번에 거리로 떨어지는 장면을 상상해보았다. 투명한 유리들이 쏟아져내린다면 비나 눈이 오는 것처럼 보일지도 모른다고 생각했다. 투명한 유리들이 지나는 사람을 덮치고 거리를 피로 물들인 다음 스스로 파편이 되어 사방으로 흩어진다. 그러자 유리가 살아 있는 생물체로 느껴졌다.

"범인이 원하는 게 뭘까?"

"아직까지 요구조건이 없는 걸 보면 그냥 미친놈이겠죠. 불특정 다수를 향한 분노 같은 거 아니겠어요?"

"난 그런 건 없다고 생각해. 뭔가 이유가 있을 거야."

"팀장님은 뭐라고 생각하는데요?"

"아무리 생각해도 모르겠어."

"그냥 미친놈이라니까요."

이윤찬은 자동차 사이드미러에 비친 제 얼굴을 들여다보았다. 어떤 유리는 그저 유리로 남고, 어떤 유리는 거울이 된다. 유리로 남은 유리는 가끔 거울이 되기도 한다. 이윤찬은 사이드미러에 비친 풍경을 자세히 들여다보았다. 그 속에 자동차 유리의 모습도 비쳤다. 유리가 거울에다 제 몸을 비춰보고 있었다. 여러 겹의 풍경이 여러 겹의 유리에 어른거렸다.

*

　고은진은 거울에 비친 자신의 모습을 오랫동안 바라보았다. 눈 밑의 짙은 그늘이 두드러져 보였다. 거울 쪽으로 얼굴을 가까이 했다. 작은 주름이 뱀의 무늬처럼 일정한 간격을 유지하며 사방으로 뻗어나가고 있었다. 손가락으로 양쪽 눈가를 쭉 잡아 늘려보았다. 눈이 작아져 앞이 보이지 않으니 거울을 들여다볼 수 없었다. 집게손가락으로 눈꼬리를 위로 향하게 해보았다. 그렇게 해도 사나워 보이거나 위협적으로 보이지는 않았다. 거울을 향해 웃어보았다. 고은진의 집은 사방이 거울이었다. 유리는 하나도 없었다. 유리가 있어야 할 자리를 모두 거울로 만들어두었다. 고은진은 사방의 거울에 비친 자신의 알몸을 감상했다. 너무 말라서 뼈가 두드러져 보였지만 고은진은 한 번도 풍만한 몸을 꿈꾼 적이 없다. 자신의 마른 몸이 좋았다. 쇄골이며 어깨며 팔꿈치며 치골의 윤곽이 그대로 눈에 보이는 게 마음에 들었다. 고은진은 옷을 입고 거울 속에 비친 자신의 몸을 한번 더 보고 집을 나섰다. 집을 나서기 전에 보았던 습도계는 80을 가리키고 있었다.

고은진이 알루미노코바륨을 알게 된 것은 이 년 전이었다. 안전접합유리의 넓이와 안전성 관계를 연구하던 중 우연히 발견한 것이다. 알루미노코바륨을 발견한 것은 고은진에게는 복권에 당첨된 것이나 마찬가지였다. 그날부터 알루미노코바륨이 유리에 첨가됐을 때 어떤 현상이 일어나는지를 실험하기 시작했다. 연구는 일 년 동안 진행됐으며 누구에게도 이야기하지 않았다. 고은진에게 알루미노코바륨과의 놀이는 누구도 방해할 수 없는 자위행위였다. 일 년간의 연구 끝에 고은진은 알루미노코바륨이 어떤 상황에서는 유리를 일순간에 수축시킬 수 있다는 사실을 알게 됐다. 고은진은 유리거리의 한 가게를 찾아가서 자신만의 특별한 유리를 실험했다. 폐업 직전이었고 새 유리 생산을 거의 하지 않는 가게였다. 고은진이 무슨 일을 하든 신경쓰지 않았다. 그곳에서 고은진은 자신만의 유리를 완성했다.

고은진은 비냄새에 민감했다. 바싹 마른 도시 저편에서 퀴퀴한 곰팡내 같은 게 느껴지면 얼마 지나지 않아 비가 내렸다. 비냄새가 고은진을 움직이게 했다. 고은진은 휴대전화기의 위치서비스를 통해 건물의 위치를 확인했다. 멀지 않은 곳이었다. 버스를 타고 네 정류장쯤 지나자 거대한 건물이 나타났다. 온몸이 유리로 휘감긴 건물이었다. 목표물을 확인했다. 고은진은 건물 맞은편에 있던 백화점으로 들어갔다. 백화점 옥상의 자연생태공원에서 목표물이 잘 보였다. 평일 낮이었기 때문에 생태공원을 이용하는 사람은 서너 명뿐이었다. 고은진은 비냄새가 더욱 짙어지는 걸 느끼면서 벤치에 앉아 적당한 때를 기다렸다.

정확히 일 년 전, 비슷한 계절의 비슷한 날씨, 고은진은 친구 정지현이 죽었던 때를 정확히 기억하고 있다. 정지현은 아담한 체구의 귀여운 여자였다. 모든 친구들이 좋아할 만한 여자였고, 실제 모든 친구들이 정지현을 귀여워했다. 고은진은 재즈댄스 동호회에서 정지현을 처음 만났다. 모르는 사람들과의 어색한 자리를 죽도록 싫어했던 고은진이었지만 재즈댄스의 매력은 모든 걸 견디게 했다. 몸을 움직이며 땀을 흘릴 수 있다는 사실이 커다란 위안이었다. 집에 돌아오면 혼자 거울을 보며 재즈댄스를 췄다.

세번째 수업을 들을 때부터 정지현이 고은진의 눈에 들어왔다. 정지현의 작은 몸은 재즈댄스에 알맞은 체형은 아니었지만 특유의 리듬감이 단연 눈에 띄었다. 동호회 사람들은 제 동작에 열중하다가도 때때로 정지현의 움직임을 곁눈질하곤 했다. 정지현은 모든 사람들에게 친절했고, 한 번도 얼굴을 찡그리는 법이 없었다.

고은진과 정지현은 나이가 같았다. 재즈댄스 수업이 끝나면 가끔 늦은 저녁을 먹기도 했고 술을 한잔하며 이런저런 얘기를 나누기도 했다. 정지현이 주로 이야기를 했고, 고은진은 열심히 들었다. 비슷한 나이여서 그런지 비슷한 고민도 많았다. 전혀 다른 고민도 있었다. 정지현은 남자친구에 대한 이야기를 자주 했다 고은진은 정지현이 남자친구 이야기하는 걸 좋아하기도 했고 싫어하기도 했다. 고은진은 정지현 생각을 자주 했다. 잠들기 위해 침대에 누우면 눈앞에 정지현의 웃는 얼굴이 떠오르는 때가 많았다. 애써 생각을 지우지는 않았다. 정지현을 생각하면 기분이 좋아졌고 기분이 좋아지는 자신이 싫지 않았다. 고은진은 석 달 만에 재즈댄스를 포기했지만 정지현을 만나는 일은 멈추지 않았다. 정지현 역시 얘기를 잘 들어주고 조용하고 생각이 많은 고은진이 좋았다.

알루미노코바륨의 비밀을 알아내고 나서 일주일 만에 정지현이 죽었다는 사실이 고은진에게는 의미심장하게 느껴졌다. 전혀 관계가 없을 것 같은 두 개의 사건이 하나로 연결돼 있는 것만 같았다. 알루미노코바륨과 유리의 비밀을 알아낸 기쁨에 들떠 있을 때 정지현이 죽었다. 정지현은 아파트 14층에서 떨어져 죽었다. 자살이라는 것이 최종 결론이었지만 고은진은 믿지 않았다. 전날 자신과 통화를 할 때도 죽음의 그림자를 찾지 못했고, 죽던 날에도 '은진아, 오늘도 즐겁게 보내, 유리 파티는 다음 주말에 할까?' 라는 문자메시지를 보내왔으니, 자살일 리 없다고 고은진은 생각했다. 아무런 증거가 없었지만 고은진은 정지현의 남자친구를 의심했다. 정지현의 남자친구가 뒤에서 민 것이 분명하다고 생각했다. 전날 통화에서 고은진은 알루미노코바륨 얘기를 길게 했다. 전문적인 이야기까지 자세하게 하지는 못했지만 자신이 유리로 마술을 보여줄 수 있을 것이라고 했다. 고은진이 보여주려고 생각했던 마술은 세 가지였다. 안경에서 안경알이 빠지는 마술, 컵이 줄어들면서 물이 넘치는 마술, 창문에서 유리가 빠지는 마술이었다.

정지현이 죽은 다음날부터 고은진에게 환각이 보였다. 창밖을 멍하니 보고 있을 때면 누군가 빠른 속도로 떨어지는 게 느껴졌다. 엄청나게 빠른 속도인데도 얼굴을 알아볼 수 있었다. 순간 정지시킨 것처럼 정지현의 얼굴이 또렷하게 보였다. 창밖만 보고 있으면 정지현이 아래로 떨어졌다. 처음에는 깜짝 놀라 창가로 뛰어가서 바닥을 내려다보았지만 당연히 아무런 흔적도 없었다. 정지현은 하루에도 열 번씩 아래로 떨어졌다.

거리에 나섰을 때도 환각이 보였다. 높은 곳만 올려다보면 누군가 떨어지는 게 보였다. 유리가 있는 곳이면 어디든 그 밖에 정지현이 있었다. 1층 카페에서 커피를 마시다가 창밖을 내다보면 정지현이 떨어지는 게 보였고, 유리로 둘러싸인 높은 빌딩을 올려다볼 때에도 정지현이 떨어지는 모습이 보였다. 한 달이 지나자 고은진은 환각을 즐기기 시작했다. 정지현이 떨어지는 모습을 즐길 뿐 아니라 환각을 키우기까지 했다. 정지현은 높은 곳에서 바닥으로 떨어져 유리처럼 깨졌다. 눈과 코와 살갗과 손톱과 젖꼭지가 부서진 다음 유리 파편처럼 사방으로 흩어졌다. 피 같은 건 전혀 보이지 않았고 몸 전체가 작은 알갱이가 되어 튀었다. 고은진은 눈 한 번 깜짝하지 않고 그 모습을 끝까지 지켜보았다. 나중에는 직접 환각을 만들었다. 원하기만 하면 정지현이 빌딩 꼭대기에서 떨어져내렸고, 바닥에 떨어지면서 유리처럼 깨졌다.

고은진은 정지현과 함께 뛰어내리기도 했다. 온몸이 투명한 유리가 되어 아래로 떨어지면 고은진은 어디론가 사라졌다. 바닥으로 떨어질 때면 온몸이 딱딱하게 굳었고, 쩽 하는 소리와 함께 온몸이 파편으로 떨어져나간 다음에야 환각이 깨지고 몸이 정상으로 돌아왔다. 유리가 깨지는 소리는 고은진에게만 들렸다. 높고 신경질적인 파열음이었다. 상상 속의 소리라고 생각하기엔 너무 선명했다. 고은진은 그 소리가 마음에 들었다. 눈에 보이는 모든 유리를 바닥으로 떨어뜨려 엄청나게 시끄러운 소리를 내고 싶다고 생각했다. 유리와 함께 사람들이 떨어져 작은 알갱이로 산산조각나는 장면과 소리를, 고은진은 자주 상상했다.

생태공원에 있던 사람들이 모두 사라졌다. 비를 퍼부을 작정인 게 분명해 보이는, 꾸물거리는 하늘이 사람들을 실내로 몰아갔다. 고은진은 주변을 한번 더 살펴본 다음 가방에서 총을 꺼냈다.

총은 기괴한 모습이었다. 방아쇠가 스위치로 되어 있고 총신이 짧았으며 가늠쇠가 컸다. 일반 총과 가장 다른 점은 충전표시 램프였다. 충전 버튼을 누르면 십 초 정도 있다가 파란불이 켜졌다. 발사가 가능하다는 표시였다. 총알이 발사되는 총이 아니라 초음파가 발사되는 총이었다. 고은진은 건너편 목표물의 유리를 겨누기 전에 건물 아래를 내려다보았다. 평일 낮이었기 때문에 지나다니는 사람이 거의 없었다. 고은진은 가장 큰 창문을 골랐다.

"고은진씨."

정남중이 고은진의 어깨를 붙들었다. 고은진이 돌아볼 틈도 주지 않고 정남중은 고은진의 총을 아래로 떨어뜨렸고, 오른팔을 뒤로 꺾었다. 이윤찬이 총을 집어들었다.

"고은진씨, 당신을 체포합니다."

이윤찬이 낮은 목소리로 말했다.

"죄명은 이미 잘 아실 테니, 얘기 안 해드려도 되죠?"

정남중이 말했다.

조사실에서 고은진은 단 한마디도 하지 않았다. 이윤찬과 정남중이 교대로 심문을 했지만 고은진은 눈을 내리깔고 책상 위만 보고 있었다. 나무책상 위에는 작은 흠집들이 벌레처럼 꾸물거리고 있었다.

"고은진씨, 공장 컨트롤센터에 접속했던 흔적이 다 남아 있어요. 언제부터 알루미노코바륨을 섞은 겁니까? 네? 왜 그랬어요?"

"오랫동안 연구만 해서 그런가 너무 과묵하시네. 팀장님, 슬슬 고문장비를 꺼내와볼까요? 이런 분들은 간단한 자극을 드려야 입이 좀 가벼워지던데."

"자꾸 이상한 소리 할 거야?"

"이상한 소리라뇨. 제가 고문전문가예요. 몸에 상처 하나 안 남기고 입을 가볍게 해준다니까요."

"알았어. 알았으니까 하성우한테나 다녀와. 알루미노코바륨이 첨가된 유리에 초음파 총을 발사하면 어떻게 되는지 알아보라고."

"그 재숫덩어리는 왜요? 별 도움도 안 될 텐데. 만나주기나 하겠어요?"

"약속 잡아놨어. 하성우가 유리전문가이기도 하지만 커튼글라스의 자문위원이잖아."

"그럼 그쪽으로 가서 하성우를 고문해볼까요?"

"야, 정남중!"

"지금 갑니다."

정남중이 가고 나서 이윤찬은 고은진의 맞은편 의자에 앉았다. 고은진은 눈을 들지 않았다. 이윤찬은 고은진과 눈을 맞추기 위해 고개를 비틀어 한쪽 뺨을 책상 바닥에 댔다.

"고은진씨, 얘기하기 싫으면 할 수 없죠. 대신 제가 얘기하는 것 중에 틀린 게 있으면 바로잡아주세요. 제가 필요 이상으로 상상력을 발휘하는 게 있다면 말씀하세요. 저는 모든 게 너무 궁금해서 혼자 이런저런 이유를 상상해보았거든요."

고은진은 여전히 고개를 들지 않았다. 이윤찬은 주머니에서 종이 한 장을 꺼냈다.

"일 년 전에 알루미노코바륨의 비밀을 알아내셨을 거예요. 정확하진 않지만 대충 일 년 전이라고 해두죠. 그즈음에 친구인, 이름이…… 아, 정지현씨가 죽었죠. 당신은 정지현씨의 죽음에 충격이 컸을 겁니다. 정지현은 당신이 사랑하던 사람이었으니까요. 어떤 방식의 사랑이었는지는 모르겠지만 그 충격이야 제가 상상할 수 없는 것이겠죠. 아무튼 그때부터 당신은 이상한 일을 계획하게 됩니다. 커튼글라스 공장에서 만드는 유리에다 알루미노코바륨을 몰래 집어넣기로 한 거죠. 왜 그랬을까요? 왜 거기에다 넣기로 한 걸까요? 세상의 유리를 다 없애버리고 세상을 파괴하려고? 아니면 친구를 죽게 한 세상에 복수하려고? 친구의 죽음을 추모하기 위해서? 아니, 그보다 단순한 이유일 수도 있죠. 당신은 자신이 발견한 걸 그냥 세상에 과시하려고 그랬을 수도 있죠. 이유가 어쨌든 결과는 끔찍합니다. 이런 결과를 예상하고도 그런 짓을 저질렀다면, 당신은 정말 무서운 사람인 거죠."

이윤찬은 물을 마셨다. 물이 담긴 작은 페트병 하나를 고은진에게 건넸지만 받지 않았다. 이야기를 하는 내내 고은진은 움직이지 않았다. 그대로 굳어버린 사람 같았다.

"지금까지 네 군데 창문이 떨어졌고, 열 명이 죽었어요. 얼마나 더 많은 사람이 죽길 바라는 겁니까."

이윤찬은 고은진의 어깨가 움찔하는 걸 보았다. 자신의 잘못을 반성하는 것이거나 자신은 결백하다고 믿는 몸짓 같았다. 머리는 무언가를 얘기하고 싶어하지만 몸이 그걸 막아서는 것처럼 보였다. 이윤찬은 조금 더 몰아붙이기로 했다.

"도대체 얼마나 많은 유리에다 알루미노코바륨을 들이부은 겁니까? 서울시 사람들을 다 죽일 생각이었어요?"

이윤찬은 얘기를 하면서 고은진의 몸의 움직임에 집중했다. 시간이 필요했다. 이윤찬은 고은진이 혼자 생각할 만한 시간이 있어야 자신의 잘못을 뉘우칠 수 있을 것이라고 생각했다. 이윤찬은 고은진을 혼자 놓아두고 밖으로 나왔다. 휴게실에 앉아서 커피를 마셨다. 깜빡 잠이 들었다가 깨어났다. 정남중이 전화를 걸어왔다.

"팀장님, 그 총은 울트라소닉 라이플이라고, 초음파를 발생시키는 건데요. 그 총으로 알루미노코바륨이 섞인 유리를 쏴봤더니, 놀라운 일이 생겼어요."

"뭔데?"

"유리가 작아져요. 창틀에 딱 맞게 붙어 있던 유리가 순간적으로 수축해서 틀에서 이탈하는 거예요. 초음파와 알루미노코바륨이 첨가된 유리의 공명주파수가 같아지면서 유리 속 분자결속이 파괴되고, 유리의 약한 부분이 떨어져나가고, 줄어드는 겁니다. 유리들이 소름끼쳐하면서 몸이 오그라드는 거죠."

"하성우씨가 그렇게 얘기했어?"

"제 표현이긴 하지만 뭐 대충 그런 얘기였어요. 날씨와도 상관이 있는데요, 습도가 높은 날일수록 수축 폭이 크답니다."

"딱 오늘 같은 날씨네."

"그렇죠."

이윤찬은 데이터실에 들러 고은진의 정보 파일을 보다 이상한 점을 발견했다. 첫번째 유리 사고가 일어난 곳은 광찬구 미온동이었고, 6월 15일 오후 세시였다. 그날은 고은진이 사표를 낸 날이었다. 직원들의 증언이나 출퇴근 기록에 의하면 고은진은 오후 다섯시까지 일한 것으로 되어 있었다. 연구실에서 미온동까지는 차로 이동했을 때 삼십 분이 걸린다. 하지만 중간에 사무실을 나간 흔적도 없었다. 이윤찬은 어떤 사람이 공범일까 생각했다. 연구실에서 함께 일하는 연구원일 가능성이 가장 높았다. 이윤찬이 조사실로 돌아왔을 때 고은진은 똑같은 자세로 앉아 있었다. 책상만 바라보고 있었다.

"유리 깨기 참 좋은 날씨죠?"

이윤찬은 고은진에게 시비를 걸듯 말했나. 고은진은 아무런 반응도 보이지 않았다. 이윤찬은 고은진의 한쪽 입꼬리가 슬며시 올라가는 걸 본 것 같았다.

고은진은 끝내 입을 열지 않았다. 공범은 찾아내지 못했고, 얼마나 많은 유리에 알루미노코바륨이 첨가됐는지도 밝혀내지 못했다. 고은진에 대한 이야기는 한동안 텔레비전 뉴스와 신문을 가득 채웠다. 추측이 많았다. 이윤찬은 고은진에 대한 수사기록을 '일급비밀'로 분류했다. 누군가 알루미노코바륨과 초음파의 관계를 알게 된다면 수만, 혹은 수십만, 아니 어쩌면 더 많은 창문이 테러 대상으로 변할 것이었다.

한 달 후, 장마가 시작됐다. 오랜 가뭄 끝에 내리는 비였기 때문에 냄새가 강했다. 빗줄기가 떨어지자 바싹 말라 있던 땅에서 흙먼지가 튀어올랐다. 거리에 비린내가 진동했다. 비가 쏟아지기 직전, 시내 한 빌딩의 25층에서 가로 사 미터 세로 삼 미터 크기의 유리가 땅으로 떨어지는 사고가 일어났다. 아래를 지나가던 두 명이 유리에 맞아 즉사했다. 그중 이십대 중반의 여자는 유리의 모서리에 머리가 찍혀 수박이 열리듯 골이 짜개졌다. 주위에서 사건을 목격한 세 명은 서 있던 자리에서 그대로 토했다.

사건 보고를 받은 이윤찬은 하성우에게 전화를 걸었다. 하성우 역시 놀란 듯했다. 하성우는 사건과 자신이 무관하다고 했다. 알루미노코바륨과 초음파의 관계를 아는 사람은 네 명뿐이다. 감옥에 있는 고은진을 빼면 이윤찬과 정남중과 하성우 세 명뿐이다. 한 명이 더 있긴 했다. 고은진과 함께 범행을 저지른 공범. 전화를 끊자마자 다시 전화가 걸려왔다.

"팀장님, 오고 계세요?"

정남중이었다. 이윤찬은 택시를 잡아탔다.

"응, 가고 있어. 현장은 어때?"

"그때랑 똑같은데요? 깨끗해요."

"연구원들 알리바이부터 확보해봐."

"벌써 다 해봤어요. 그만둔 연구원 없고, 모두 연구실에 있었어요."

"그럼 누구야?"

"모르죠. 일단 빨리 와보세요."

이윤찬은 전화를 끊고 택시 뒷좌석의 창문을 내렸다. 차 안은 후텁지근했다. 창 안으로 비가 들이쳤다. 택시기사가 이윤찬을 돌아봤다. 빗줄기가 점점 굵어지고 있었다. 이윤찬은 빌딩숲을 올려다보았다. 유리가 너무 많았다. 빗줄기 사이에서 어떤 소리가 들려오는 것 같았다. 바람이 좁은 빗줄기를 통과하면서 높고

급박한 소리를 내는 것 같았다. 이윤찬은 공범 같은 건 없을지도 모른다고 생각했다. 창문을 박살내는 것은 사람이 아니라 어떤 소리일지 모른다고 생각했다. 우리가 듣지 못하고 알지 못하는, 어떤 소리일지 모른다고 생각했다. 이윤찬은 고은진이 한쪽 입꼬리를 끌어올리며 웃는 장면을 떠올렸다. 약이 올라서 정수리가 뜨끈뜨끈했다. 이윤찬은 쏟아지는 빗줄기 때문에 흐릿한 빌딩들을 노려보았다. 유리가 너무 많았다.

"손님, 시트 다 젖습니다."

택시기사가 거울로 이윤찬을 노려보았다. 이윤찬의 오른쪽 어깨와 팔은 이미 흠뻑 젖어 있었다. 이윤찬은 버튼을 눌러 택시 창문을 닫았다. 창을 닫자마자, 먹을 것을 찾아 몰려드는 생물체처럼 빗방울이 창문으로 달려들었다.

가끔씩 크랴샤라는 단어를 처음 보았던 그 순간이 생생하게 떠오른다. 하느님이 자동차로 퍼즐 맞추기를 완성해놓은 것처럼 빈틈이 전혀 없던 간선도로 위에서 그날 오후의 사람들은 조바심을 내며 운전하고 있었다. 끼어들기를 허용하는 것은 운전자의 수치라고 여기는 사람들만 거리에 나와 있는 것 같았다. 앞차가 움직이면 뒤차가 놀란 듯 따라 움직였다. 그렇게 놀라는 순간들이 연쇄적으로 이어졌고, 도로 위에는 기다란 긴장의 끈들이 오후의 그림자와 함께 늘어져 있었다. 나도 그랬다. 졸음을 이겨내며 앞차를 따라 움직였다. 빨리 샘플 의자를 보여주고 일을 끝내고 싶었다. 운전하면서 계속 뒷자리에 있는 의자를 힐끔거렸다. 불편하게 얹혀 있었지만 쓰러질 염려는 없어 보였다. 그래도 자꾸만 돌아보게 됐다. 슬쩍슬쩍 액셀러레이터를 밟으면서도 뒤를 돌아보았다. 거울을 통해 볼 수도 있었지만 직접 봐야 실체를 감지할수 있었다. 고개를 돌려 의자를 보는 사이 갑자기 자동차 앞으로트럭 한 대가 끼어들었다. 나는 짧은 욕을 내뱉으면서, 그 욕이브레이크 역할을 해주길 바랐다. 가까스로 브레이크 페달을 밟았다.

뒷자리에 놓여 있던 샘플 의자는 끄떡없었다. 생각보다 위급한상황이 아니었고, 급제동이 아니었던지, 의자는 어긋남 없이 그자리에 있었다. 의자를 둘러싼 보호용 포장지에도 흠집 하나 나지 않았다. 나는 차에서 내려 트럭 운전자에게 따질까 생각했지만, 클랙슨을 크게 한 번 울리는 걸로 항의를 대신했다. 내 앞으로 끼어든 5톤 트럭 뒤에 '크랴샤'라는 글자가 크게 쓰여 있었다. 무슨 뜻인지 파악하기 위해 한참 그 글자를 들여다보았다. 나는글씨를 소리내어 읽었다. 크, 랴, 샤, 라고 읽었지만 그게 어떤 뜻인지 알 수 없었다.

트럭은 내 앞에서 시야를 가로막았다. 트럭밖에 보이지 않았다. 크랴샤라는 글자가 하느님의 계시처럼 눈앞에서 사라지지 않았다. 트럭이 시야를 가리자 처음에는 답답하더니 어느 순간부터는 오히려 마음이 편안해졌다. 차선을 바꿀 마음이 들지 않았다. 딴생각할 필요 없이 트럭의 뒤꽁무니만 쫓으면 그만이었다. 차들이 빼곡하게 들어찬 도로 위에서 나의 의지와는 상관없이 트럭에 이끌려 어딘가 알 수 없는 곳으로 가는 듯한 기분이 들었다.

일부 작업 현장에서는 그렇게 불린다고 해도, 크랴샤는 분명히 잘못된 단어였다. 하지만 크랴샤라는 오자가 아니었다면 내가 트럭의 뒤꽁무니를 자세히 살피는 일은 없었을 것이다. 가끔 잘못된 길이 누군가를 옳은 방향으로 이끌듯, 가끔 우연한 선택이 한 사람의 운명을 낭떠러지로 떠밀듯, 크랴샤라는 단어가 나를 뜻밖의 세계로 끌고 들어갔다. 소주를 마시고 난 다음에 내뱉어야 어울릴 듯한 '크'에 이어 '랴'와 '샤'에 붙은 이중모음을 연이어 발음하고 나면 지금도 두꺼운 철문 앞에 서서 비밀스러운 주문을 외고 있는 것만 같다. 크랴샤는 외계의 신호 같았다.

나는 마흔일곱이 되던 해 봄부터 취미로 마술을 배우기 시작했는데, 여름쯤에는 거기에 푹 빠져서 매일 새로운 마술을 연습하느라 정신이 없었다. 가게에 손님이 없을 때면 책상 앞에 앉아 마술을 연습했다. 새로운 마술을 익히면 열 살 먹은 아들, 병원에 계신 어머니, 옆가게 사람들 앞에서 간단한 쇼를 해 보였고, 모두들 별것 아닌 마술에 환호를 보냈다. 어설픈 마술에도 박수를 쳐주었다. 크랴샤라는 단어를 처음 보았을 때도 나는 마술에 쓸 주문으로 적당하다는 생각이 들었다. 크랴샤, 하면 모자 속의 토끼가 사라지고, 크랴샤, 하면 무대 뒤에서 토끼가 뛰어나온다. 다시 크라샤, 하면 연기가 피어오르고, 다시 크라샤, 하면 토끼가 지팡이로 변한다. 그때는 뭘 보든 뭘 읽든 모든 것을 마술과 연결할 궁리만 하고 있었다.

작은 마술쇼에서 나는 많은 것들을 사라지게 했고, 다시 나타나게 했으며, 어떤 것들은 찢었다가 다시 붙였다. 모두 불가능한 일이다. 소멸된 것들은 되살아날 수 없으며 찢어진 것들은 절대 다시 붙지 않는다는 걸 모두 안다. 관객들은 알면서도 매번 속아준다. 불가능을 가능하게 하는 마술이 나를 사로잡았다. 내가 가능하게 할 수 있는 게 별로 없던 때였다. 아무리 열심히 노력해도 해결할 수 없는 일들이 도처에 있었다. 어머니는 육 개월째 병원에 계셨고, 처가에서 하던 사업은 부도를 맞았다. 내가 할 수 있는 건 열심히 돈을 버는 것뿐인데, 그것도 만만치 않았다. 마술의 세계만이 만만했다. 마술은 관객과 함께 가능성을 공모하는 것이어서, 불가능한 일이 실제로 일어날 수도 있다는 가능성의 조짐을 서로 인정해주기만 하면 되었다. 한번 그 공모에 맛을 들이자 빠져나오기 힘들었다.

내가 가장 자신있는 마술은 '배니싱'이었다. 배니싱이란 카드나 담배 같은 걸 눈앞에서 사라지게 했다가 다시 나타나게 하는 마술인데, 간단한 것처럼 보여도 오랜 연습이 필요하다. 정확히 표현하자면 사라진다기보다 어딘가에 숨겨놓는 것인데, 두 손의

미묘한 각도와 정확한 동작을 완벽하게 숙지하려면 카드와 담배가 손에서 떨어지는 시간이 없어야 한다. 나는 손님에게 가구를 설명하는 동안에도 손에 카드를 쥐고 있었다. 한번은 손님에게 식탁을 설명하다가 나도 모르게 카드로 장난을 치고 말았다.

"어, 마술 하시나봐요?"

"예?"

"지금 카드가 나타났다가 사라진 거 아니었어요?"

"아, 보셨어요? 잘하진 못해요."

"마술 멋진데…… 보여주세요."

볼이 발그레한 삼십대 초반의 여자 손님은 식탁 대신에 내 손에 집중했다. 나는 우물쭈물하다가 간단한 카드 배니싱을 보여주었다. 마술의 관객은 대개 두 부류로 나눌 수 있다. 마술의 비밀을 알아내기 위해 마술보다는 손동작에 주목하는 사람, 아니면 간단한 마술에도 감탄하고 빠져드는 사람. 여자 손님은 후자였다. 그런 관객을 만나면 마술 하는 사람도 신이 나게 마련이다. 조금 허술해도 문제될 게 없었다. 여자 손님은 결국 폐목재를 재활용해서 만든 백만원짜리 식탁을 샀다. 마술 때문이었을까.

마술 아카데미의 선생 장연창으로부터 전화가 걸려왔을 때도 나는 책상 앞에 서서 두 손으로 카드 감춰놓는 연습을 하고 있었다. 가구점의 위치를 묻는 전화인 줄 알고 스피커폰으로 전화를 받았다. 나는 두 손으로는 계속 연습을 하며 건성으로 대꾸했다.

"거기 이강민씨 전화 아닌가요?"

"네, 말씀하십시오. 제가 이강민입니다."

"저, 마술 아카데미 장연창이라고 합니다."

나는 연습을 멈추고 전화기를 집어들었다. 연습하던 카드가 책상 위로 떨어졌다.

"예, 선생님. 어쩐 일이세요?"

"통화 괜찮으세요?"

"예, 예, 괜찮죠. 깜짝 놀랐습니다. 전화를 다 주시고……"

"네, 짧게 말씀드릴게요. 하미레즈 아시죠?"

"하미레즈요? 마술사 하미레즈요?"

"네, 마술사 하미레즈."

"알죠, 그럼. 세계적인 마술사인데요."

"그분이 한국에 오십니다."

"예? 정말요? 언제요?"

"오는 게 문제가 아니고요. 제가 이번에 하미레즈 쇼의 오프닝과 전체 기획을 맡았어요. 그래서 팀을 좀 꾸려볼까 하는데요, 믿을 만한 사람들이 필요합니다. 무슨 말인지 아시죠? 믿을 만한 사람들이라는 게."

"네? 네, 알죠. 아마추어이긴 하지만 저도 마술사인데요. 손이

246

몰래 하는 일은 입으로 말하지 않는다."

"내일 퇴근 후에 시간 어떠세요? 님을 확정하고 일을 바로 시작해볼까 하는데요."

"갑니다. 가야죠."

나는 전화를 끊고 방금 일어난 일이 어떤 의미인지 생각해보았다. 진짜 마술사가 되는 거다. 식구들이나 동네 사람들을 모아놓고 하는 소꿉장난이 아니라 진짜 마술사가 되는 거다. 사람들의 박수를 받으면서, 사람들의 환호를 들으면서.

물론 역할이라봐야 기껏 보조밖에 못 하겠지만 큰 무대에 선다는 생각만으로도 손이 떨렸다. 다시 연습을 하려고 했지만 손이 제대로 움직이지 않았다.

다음날 여섯시, 나는 아내에게 가게를 맡기고 마술 아카데미로 달려갔다. 사무실에는 선생님 말고 다섯 명의 남자가 앉아 있었다. 아카데미에서 만난 사람이 두 명 있었고, 나머지 세 명은 처음 보는 얼굴들이었다. 내가 사무실로 들어가자 말소리가 툭 끊겼다. 어떤 이야기를 하고 있었는지는 알 수 없지만 사무실 공기는 무거웠고 모두 심각한 표정이었다. 책상에 걸터앉아 있던 장연창이 입을 열었다.

"자, 이제 다 모였네요. 제가 계속 강조하는 거지만 이번 행사는 국가의 자존심이 걸린 문제입니다. 하미레즈를 돋보이게 해주는 게 우리의 역할이지만 이번 기회에 한국의 마술 실력을 세계에 알리는 것도 중요합니다. 저한테 다 생각이 있으니까 여러분은 저를 따라와주시면 됩니다. 무슨 말인지 알죠?"

"네."

나도 모르게 큰 소리를 냈다. 장연창은 나보다 나이가 열다섯 살이나 어렸는데, 군대 시절 선임병의 명령에 큰 소리로 복종하는 듯한 목소리로 대답을 하고 말았다. 장연창은 큰 목소리의 대답이 싫지 않은 듯했다.

다음날부터 본격적인 준비가 시작됐다. 마술쇼의 전체적인 구성은 이미 장연창의 머릿속에 있었고, 우리는 그의 지시에 따라 움직이기만 하면 됐다. 장연창은 그날 모인 마술사 중 세 명에게 하미레즈 쇼의 준비를 맡겼고, 나이가 가장 어린 마술사 다빈과 나에게는 별다른 일을 시키지 않았다.

"제가 지금 끝내주는 걸 준비하고 있으니까 두 사람은 조금만 기다려요. 엄청난 프로젝트를 맡게 될 거니까 놀랄 준비만 해놓으십시오. 무슨 말인지 알죠?"

장연창은 다빈과 나에게 그 말만 되풀이했다. 다빈과 나는 매일 아카데미 사무실에 들렀지만 닷새가 지나도록 아무런 할 일이 없었다. 컴퓨터 앞에 앉아서 인터넷 서핑을 하거나 사무실 책장에 빼곡하게 꽂힌 마술 녹화 디브이디를 한 장씩 꺼내서 보는 게 전부였다. 매일 저녁 아내에게 가게를 맡기는 게 눈치 보였지만, 그래도 사무실에 나와 있으면 마음이 편했다. 마술을 배우고 마술사로 데뷔한다는 것은 분명 내 처지에 어울리지 않는 일이었다. 그렇게 한가하게 시간을 보낼 상황이 아니었다. 나는 현실의 세계에서 마술을 부리듯 몇 천만원을 뚝딱뚝딱 만들어내야 했다. 아카데미 사무실에 나와 있으면 그런 걱정을 잠시라도 잊을 수 있었다.

"아저씨는 누구 마술 제일 좋아해요?"

"글쎄, 누굴 좋아하나? 랜스 버튼을 제일 좋아하는 거 같네."

"그 비둘기 아저씨요? 시시하지 않아요?"

"랜스 버튼도 어려운 거 많이 했어. 비둘기로 유명해서 그렇지."

"그 아저씨 생각하면 비둘기랑 카드밖에 생각 안 나요."

"손동작을 자세히 한번 봐. 그게 쉬워 보여도 흉내내기 어려운 거야. 우아하고 섬세하고, 손동작 하나만으로 이야기를 만들어내잖아. 넌 누구 좋아하는데?"

"에이, 저야 당연히 데이비드 카퍼필드죠."

"그럴 줄 알았어."

"언젠가는 만리장성 벽 뚫기보다 더 엄청난 마술을 개발할 거예요."

"만리장성까지 가는 것도 만만치 않아. 카퍼필드처럼 되려면

돈 많이 들겠다."

"지금부터 벌면 되죠."

"넌 마술 왜 배워?"

"마술 하면 여자들한테 인기 많거든요. 내가 좋아하는 여자들 싹 다 꼬셔버리고 말 거예요."

"솔직하네. 꼭 성공해라."

"아저씨는요?"

"난 뭐 별거 없어. 그냥 취미지."

"아저씨, 저랑 버스킹 하러 가실래요?"

"버스킹?"

"길거리에서 하는 거요. 요 앞 광장에서 가끔 하는데 연습 많이 돼요."

"난 아직 그럴 만한 실력이 아니라서……"

"실력 필요없어요. 겁만 안 먹으면 되는 거예요. 자신없으면 아저씨가 제 조수 해주세요."

"겁먹을 거 같은데."

"에이, 가요. 어차피 할 일도 없잖아요."

나는 다빈을 따라나섰다. 다빈과 나는 카드와 간단한 도구를 챙겨서 광장으로 갔다. 사람들은 야외 테이블에서 커피를 마시고 맥주를 마셨다. 저녁의 광장 불빛 아래에서 기타 케이스를 열어놓고 노래를 부르는 사람도 있었다. 처음에는 창피했지만 조금씩 마음이 여유로워졌다. 다빈은 야외 테이블에 앉은 사람들을 노렸다. "제가 기막힌 마술 하나 보여드릴까요?" 그게 다빈의 공식 멘트였다. 사람들은 대부분 재미있어하며 고개를 끄덕였다. 다빈은 마술을 시작하자마자 표정이 달라졌다. 평소에 말할 때는 스무 살 꼬맹이의 느낌이었는데, 관객 앞에 서자 능숙한 마술사처럼 말하고 행동했다.

"이렇게 예쁜 아가씨들이 모여 있는데 아무도 말 걸어주지 않았어요? 이런, 이래서 우리나라가 선진국이 되려면 멀었다니까요. 남자들에 대한 분노를 가라앉히고, 우리 한번 선진국으로 가는 초석을 마련해보아요. 뭔지 알죠? 선진국 사람들은 좋은 공연을 보고 그냥 지나치는 법이 없죠. 자, 그럼 놀고 계신 돈은 저 모자에 넣어주시고, 놀고 계신 눈들은 여기로 모아주시겠어요? 이 손수건 보이시나요?"

다빈은 관객들의 눈을 어지럽게 하는 재주가 있었다. 손수건을 장미꽃으로 만들어 젊은 여자 관객을 압도하고, 담배 한 개비로 중년 남자들의 시선을 가지고 놀았다. 내 역할은 다빈의 옆에서 모자를 들고 서 있는 거였다. 마흔일곱 살의 남자가 스무 살 마술사의 보조로 서 있는 모양이 우스웠지만, 다빈은 오히려 그 편이 사람들의 시선을 끌기에 유리하다고 했다. 사람들은 우리를 아버

지와 아들 정도로 보는 듯했다.

다빈은 정말 프로 마술사처럼 보였다. 마술을 잘한다기보다 마술의 연출에 뛰어났다. 내가 한 일이라곤 다빈의 옆에 우두커니 서서 관객과 함께 마술에 감탄한 것뿐이었다. 관객과 달리 나는 마술의 모든 비밀을 알았지만, 알고 봐도 감탄스러운 연출이었다. 두 시간의 버스킹 동안 오만원이 모였다.

"아저씨, 배고파요. 치킨에 맥주 어때요? 함께 벌었으니, 함께 마셔야죠."

"치킨과 맥주, 좋지. 근데 난 한 일이 없는데."

"왜 그러세요. 우린 한 팀이잖아요."

"그래, 한 팀이지."

"하이파이브!"

두 손바닥을 마주치고 우리는 곧 잔을 부딪쳤다. 다빈은 치킨을 처음 먹는 사람처럼 게걸스럽게 살점을 뜯었다. 껍질을 뜯어 먹으면서는 연신 "우와, 너무 맛있어요, 행복해요"라고 소리를 질렀다. 조금 전까지 돈을 벌었던 광장에서 술을 마시고 있으니 신분이 급상승한 느낌이 들었다.

밤 열두시까지 술자리가 이어졌고, 다빈은 취했다. 이런저런 얘기를 많이 했지만 대부분 욕이었고, 데이비드 카퍼필드의 마술이 얼마나 위대한지 몇 번이나 얘기했다. 슬슬 지루해질 때쯤 맥

줏집 종업원으로부터 술자리를 곧 끝내라는 최후통첩을 받았다. 다빈은 비틀거렸다.

"집이 어디야?"

다빈은 대답을 못 했다.

"사는 동네가 어디냐고."

뭐라고 중얼거리며 대답하는데 알아듣지 못하겠다.

"어느 쪽인지만 얘기해."

다빈이 중얼거린 위치를 겨우 알아들었다. 혼자 태워 보내자니 마음이 놓이질 않아서 택시에 함께 올라탔다. 아내에게 늦겠다는 전화를 했는데, 아무런 대꾸 없이 끊어버렸다. 화가 많이 났을 때의 행동이었다.

다빈의 동네는 택시로 이십 분 거리였다. 언덕이 많은 동네였고, 낡은 아파트와 오래된 건물이 많은 곳이었다. 동네에 도착할 때까지도 다빈은 잠에서 깨어나질 못했다. 나는 다빈을 들쳐업고 일단 택시에서 내렸다. 택시가 멈춰 선 곳은 동네의 작은 공원이었는데, 거기서 도시의 광장과 높은 빌딩이 한눈에 내려다보였다. 한밤이었지만 도시는 환했다. 저 속에 사람들이 있다는 게, 저 좁은 건물들 사이에 살고 있다는 게 신기했다. 공원 벤치에서 잠들어 있는 다빈을 깨우지 않고 나는 도시를 오랫동안 바라보았다. 도시는 거대한 하나처럼 보였다가 수많은 낱개로 보였다가 작은 점처럼 보였다. 밤하늘의 흐릿한 별빛과 도시의 흐릿한 불빛이 구분되지 않았다.

"아저씨, 여기 어디에요?"

다빈이 잠에서 깨어나 물었다.

"네 집 근처."

"우리 집 어떻게 알았어요?"

"네가 얘기했어."

나는 계속 도시를 바라보았다. 지붕들에도 표정이 있었다. 다빈은 벤치에서 일어나 기지개를 켜더니 담배를 꺼내물었다. 연기가 도시 쪽으로 날아갔다. 다빈과 나는 말없이 도시를 바라보았다. 다빈은 담배를 계속 피워댔다. 한 시간 정도 그렇게 앉아 있으니 다빈도 술이 깨는 모양이었다. 기지개를 켜더니 공원 끝으로 걸어가서 도시 쪽을 향해 소리를 질렀다.

"여기 좋죠?"

"좋네."

다빈은 입에 담배를 문 채 두 팔을 도시 쪽으로 뻗더니 마술을 시작했다. 왼손바닥으로 도시를 가리고, 거기에 담배연기를 불어넣었다. 오른손으로 왼손을 덮고 다시 왼손으로 오른손을 덮고 비비고 엇갈리고 담배연기를 날려보냈다. 도시는 그대로 있었다.

"아저씨, 데이비드 카퍼필드가 자유의 여신상 어떻게 사라지게 했는 줄 알죠?"

"알지."

"저는 저 도시가 사라지는 마술을 할 거예요."

"왜 사라지게 해?"

"어릴 때부터 맨날 여기서 놀았거든요. 여기서 저 불빛 보면서 무슨 생각했는 줄 알아요? 저 새끼들은 존나 행복할 텐데, 나 혼자 이러고 있구나. 씨발, 나는 맨날 얻어터지기만 하는데, 저 새끼들은 불 켜놓고 신나게 노는구나. 한꺼번에 불이 확 꺼지고 저 새끼들 다 죽어버렸으면 좋겠다. 그때부터 마술사가 되고 싶었어요. 한순간에 스르륵, 도시가 연기처럼 날아가버리는 거예요. 마술은 여기 가로등 아래에서 할 거예요. 이 앵글 죽이죠? 여기서 제가 손바닥으로 도시를 가리고 하늘을 한번 가렸다가 다시 도시를 보면, 모두 확 사라지는 거예요. 죽이죠?"

"죽이네."

"아저씨는 사람 참 힘 빠지게 대답해요."

"그런가? 그런데 도시 사라지게 했다가 어떻게 다시 나타나게 할 건데?"

"그게 카퍼필드와 저의 차이죠. 제 마술에서 도시는 그냥 사라지는 거예요."

"불가능한 마술이네."

"마술이란 게 원래 불가능한 거죠, 뭐."

다빈을 집으로 보내고, 나는 택시를 잡기 위해 큰길까지 걸어서 내려왔다. 내려오는 골목 사이사이 도시의 불빛이 보였다. 나도 모르게 손바닥으로 도시를 가려보았다. 도시는 쉽게 사라졌다. 손바닥을 내리자 도시는 다시 나타났다.

다음날 놀라운 일이 일어났다. 장연창이 다빈과 나에게 프로젝트를 맡겼는데, 우리의 말을 도청한 다음 계획을 세운 게 아닌가 의심스러울 정도였다. 장연창이 하미레즈 쇼에서 보여줄 마술은 건물 하나가 통째로 사라지는 마술이었다. 다빈의 눈동자는 곧 터질 것처럼 부풀어 있었다.

"건물은, 제가 봐둔 데가 있어요. 지도에 표시를 해뒀으니까 두 사람은 곧바로 가서 건물 보고 시나리오를 한번 짜봐요. 무슨 말인지 알죠? 다빈이 너 카퍼필드 좋아하잖아. 카퍼필드 오리엔탈 익스프레스 마술 알지? 그거 참고해서 해봐. 눈앞에서 사악 사라지는 거 말야. 그리고 가장 중요한 거 알죠? 입은?"

장연창은 두 손가락으로 입술을 지퍼로 닫는 시늉을 했다. 장연창이 나가자마자 다빈에게 물었다.

"괜찮아?"

"뭐가 괜찮아요?"

"네가 하려던 마술이잖아."

"에이, 저건 건물이 사라지는 거잖아요. 내가 하려는 건 도시가 사라지는 거고."

"비슷하잖아."

"이번 기회에 연습한다고 생각하죠, 뭐. 아저씨, 우리 같은 아마추어한테 이런 일 맡기는 이유가 뭘까요?"

"글쎄. 왜 그런 걸까."

"하미레즈 쇼 맡은 세 사람은 모두 프로페셔널 마술사예요. 우리 둘만 아카데미 학생들이고…… 그게 무슨 뜻이겠어요."

"모르겠다니까."

"우리를 마술 파트너로 키워보겠다는 거 아니겠어요?"

"우리 뭘 보고?"

"아저씨는 잘 모르겠지만 저는 나름 마술 유망주예요. 나이도 어리고."

"야, 어려서 좋겠다. 그러게, 나는 사십대 후반에다 마술을 썩 잘하지도 못하는데, 왜 하필 날까."

"아저씨는 얼굴이 참 착해 보이거든요. 그래서 그런 거 아닐까요? 아저씨 얼굴 보면 저 사람이 설마 속임수를 쓰겠어, 싶은 생각이 들거든요."

"방심하게 하는 카드다, 이거야?"

"완전 방심되는 얼굴이에요."

"이런 사람이 꼭 뒤통수치는 거 몰라?"

"와, 완전 무서운데요?"

다빈과 나는 지도를 들고 건물을 찾아나섰다. 예전부터 잘 안다고 생각했던 동네인데 지도를 보면서 동네 깊은 곳으로 들어갈수록 낯선 풍경이 이어졌다. 문을 닫은 가게가 많았고, 벽에는 스프레이로 낙서를 해놓은 곳도 많았다. 뉴타운, 결사항쟁, 반대, 죽음, 보상 같은 단어들이 알아보기 힘들 정도로 어지럽게 뒤덮여 있었다. 사람들이 사는 동네 같지 않았다. 좀비들이 한차례 휩쓸고 지나간 뒤 곧바로 뱀파이어들의 습격을 받은 마을처럼 황량하고 인적이 드물었다. 주위가 어두워질수록 등골 꼭대기에서 아래로, 순서대로, 차가운 얼음 램프가 켜지는 것 같았다.

"아저씨, 어째 으스스하지 않아요?"

"공동묘지도 아니고 사람 사는 동넨데 어때."

"묘지도 이것보단 덜 무섭겠네요."

"지도상으로 보면 저기인데, 저 건물인가?"

내가 손으로 가리킨 곳에는 4층짜리 낡은 건물이 하나 서 있었다. 좌우로는 단층 혹은 2층 정도의 낮은 건물뿐이어서 4층 건물은 주변 풍경 속에서 유난히 두드러지는 외관이었다. 건물 외벽은 파란색으로 칠해져 있었는데 군데군데 칠이 벗겨져 예술가의 작품 같기도 했다. 낡았지만, 그래서 시간의 흔적이 보이는 건물이었다.

"왜 이런 데서 마술을 하려고 하는지 알겠네요."

다빈이 웃으면서 말했다.

"그래? 알겠어?"

"딱 보면 답이 나오잖아요. 일단 주변이 어수선하니까 시선이 분산되고요, 낡은 건물이니까 건물이 사라졌을 때 시각적인 효과도 내기 좋고요. 저 건물만 사라진다고 생각해보세요."

"별로 티가 안 날 것 같은데?"

"그러니까 작업하기 편하죠."

"그게 무슨 소리야. 난 잘 이해가 안 되네. 휑한 벌판에 있는 건물 하나를 사라지게 하는 게 훨씬 효과적인 거 아닌가?"

"아, 몰라요. 우리야 뭐 시키는 대로 하면 되죠. 아저씨 사진 잘 찍어요? 아저씨가 찍을래요?"

나는 카메라로 4층 건물을 찍었다. 정면에서 찍고 측면에서 찍고 건너편 건물의 계단참 창문을 통해서도 찍었다. 건물에는 피시방, 만화방, 정신과의원, 미용실, 직업교육원, 결혼정보회사 등의 간판이 붙어 있었는데, 영업을 하는지는 알 수 없었다. 영업을 한다고 해도 손님이 찾을 것 같지 않았다. 주변의 모든 상가가 그랬다. 4층 건물의 입구에는 '운조빌딩'이라는 현판이 붙어 있었다. 현판 역시 귀퉁이가 부서지고 칠이 벗겨진 모습이었다. 여러

각도에서 사진을 찍으면서 나는 그 건물이 낡은 책상과 닮았다는 생각을 했다. 사람들이 사용하면서 낸 작은 생채기들이 모여 결이 되고, 무늬가 된 낡은 책상처럼 건물은 사람들의 흔적으로 닳아 있었다. 바깥으로 툭 튀어나온 옥상 때문에 건물은 더욱 책상처럼 보였다.

그날 찍은 사진은 이틀 동안 열어볼 생각도 하지 못했다. 가구를 파는 일 말고 새로 문을 여는 카페의 인테리어 일도 가끔 맡아서 하곤 했는데, 그날 저녁 집으로 돌아가는 길에 긴급한 전화를 받았다. 이백 석 규모의 카페에 인테리어 컨설팅을 해달라는 내용이었다. 장식물과 의자와 탁자를 납품하는 일이었다. 앞뒤 따질 여유가 없었다. 무조건 해야 하는 일이었다. 조건도 좋았을뿐더러 내가 주로 취급하는 폐목재를 이용한 재활용 가구를 원하는 고객이었다. 목돈을 벌 수 있는 기회였다. 나는 당장 차를 몰고 카페로 향했고, 아직 공사가 끝나지 않은 현장에서 견적을 냈다.

가구점을 찾는 대부분의 고객들은 재활용 가구가 저렴할 것이라고 생각하는데, 꼭 그렇지만은 않다. 폐목재를 다시 쓸 만한 재목으로 바꾸기 위해서는 접착제와 불필요한 성분 등을 걷어내는 복잡한 공정이 필요하고, 그 때문에 원가가 오를 수밖에 없다. 일반 가구보다 더 비싼 돈을 지불하는 대신 우리가 살 수 있는 것은 시간이다. 재활용 가구를 통해 나무가 지내온 시간을 살 수 있고,

지구가 좀더 오래 버틸 수 있는 시간을 벌 수 있다. 출근해서 가구점의 문을 열 때마다 나는 숲으로 들어간다는 생각을 한다. 장미나무, 측백나무, 오동나무가 늘어서 있는 숲. 가게에 들어차 있는 가구들의 나이를 생각하면 가끔 아득해지곤 한다.

다음날 다빈에게 전화를 받고서야 운조빌딩을 다시 떠올렸다. 까맣게 잊고 있었던 운조빌딩의 모습이 눈앞에서 조금씩 형태를 드러냈다.

"아저씨, 사진 안 보내줘요? 바빠요?"

"아, 미안. 바쁜 일이 생겨서 깜빡했네."

"이따 아카데미에 오실 거예요?"

"모르겠어. 일 끝내고 갈 수 있을지 모르겠다."

"무책임하네, 아저씨."

"응?"

"무책임하다고요. 한 팀이라고 해놓고, 준비도 안 하고 있잖아요."

"아, 그래. 미안하다. 사진은 바로 메일로 보내줄게."

다빈은 전화를 그냥 끊었다. 얼굴이 화끈거렸다. 다빈은 화가 났다기보다 섭섭한 듯한 말투였는데, 그게 더 신경이 쓰였다. 나는 카메라에 들어 있던 사진을 컴퓨터로 옮기고, 다빈의 전자우편으로 전송했다. 미안하다는 말과 함께 틈틈이 아이디어를 생각해보겠다고도 적었다. 그걸로는 부족하다는 생각이 들었지만 부족함을 보충할 만한 시간이 없었다. 불투명하고 사라지기 쉬운 마술의 세계보다는 눈앞에 돈이 보이는 현실의 세계가 더 중요한 시기였다. 나는 모니터에 운조빌딩의 사진을 커다랗게 띄워놓고 잠시 쉬기로 했다. 마술은 까마득하게 잊어버리고 있었다.

　운조빌딩을 들여다보고 있으니 초등학교 때 다녔던 미술학원에서의 한 장면이 떠올랐다. 미술학원은 4층 건물의 꼭대기에 있었고, 나는 미술학원에 갈 때마다 층계참에 꼬박꼬박 멈춰 서서 창문으로 밖을 내다보았다. 창문으로 고개를 내밀면 가슴팍이 창문틀에 닿았다. 창밖으로 보이는 것이라곤 작은 공터뿐이었다. 거기에 뭐가 있었는지 생생하게 다 기억난다. 리어카와 녹슨 자전거, 유리가 깨진 찬장, 이발소 의자, 천이 다 해진 소파. 그즈음 나는 씨앗처럼 생긴 초콜릿에 심취해서 걸어다닐 때도 그걸 먹곤 했는데, 미술학원의 계단을 오를 때마다 창밖으로 초콜릿을 하나씩 떨어뜨렸다. 내 설정은 이랬다. 건물은 초콜릿 씨앗을 먹고 자라는 괴물인데, 건물에 오르는 자들은 각 층을 지날 때마다 씨앗을 건물의 땅에 던져주어야 한다. 초콜릿 씨앗은 점점 자라서 초콜릿이 되고, 건물의 밑을 든든하게 받쳐주는 역할을 한다. 4층 건물이 8층이 되고 20층이 되는 것이다. 초콜릿 씨앗을 건물에 주지 않는 자들은 저주를 받게 된다. 말도 안 되는 상상이었지만 그 생각은 오랫동안 지워지지 않았다. 어른이 되고 나서도 건물의 계단을 지날 때면 때때로 어린 시절 씨잇 초콜릿을 던지던 장면이 떠오른다. 1층과 2층 사이에서 고개를 쑥 내밀고 아래를 한번 내려다본 다음 씨잇 초콜릿 하나를 아래로 떨어뜨렸다. 2층과 3층 사이에서 다시 고개를 쑥 내밀고 초콜릿 하나를 떨어뜨렸고, 3층과 4층 사이에서는 조심스럽게 고개를 내밀고 초콜릿을 떨어뜨렸다.

그때 떨어뜨린 초콜릿들은 지금은 어떻게 되었을까. 정말 건물의 먹이가 되어 지반을 튼튼하게 하는 역할을 했을까. 오히려 초콜릿 성분이 지반을 약하게 만들어 건물을 무너뜨린 것은 아닐까. 겨우 씨잇만한 초콜릿 몇 개로 그런 일이 생기지는 않았겠지. 그래도 어떤 변화가 생기지 않았을까. 아주 작은 변화.

그 건물의 위치가 어디쯤이었는지는 잊어버렸다. 다시 찾아보라고 하면 절대 찾지 못할 것이다. 흔한 건물이었다. 그럴 리 없지만 눈앞에 있는 운조빌딩이 그 건물일지도 모른다는 생각이 들었다.

보기에 따라 생각이 다를 수 있겠지만 운조빌딩의 외벽은 아름다웠다. 오래된 가구처럼 시간이 묻어 있었다. 바람이 어디선가 시간을 묻혀와 건물 표면에 바르고, 거기에 또 눈이 내리며 시간을 덮어 낡은 벽이 되었을 것이다. 빗줄기가 벽에 흠집을 내 시간의 균열을 만들면 바람이 다시 그 균열에 파고들어 세월이 되었을 것이다.

건물이 사라지는 마술을 한다면, 반드시 저 벽을 이용해야 한다. 벽의 시간을 도드라지게 만들어, 보는 사람들이 시간을 잊게 해야 한다.

전에 보았던 영상이 하나 떠올랐다. 유럽의 어느 고저택에서 이뤄진 비디오쇼였는데, 건물의 벽에다 이미 촬영한 건물 영상을 투사한 다음 그걸 변형시키는 퍼포먼스였다. 실제 건물에 영상이 비춰지니 어떤 게 실제 건물인지 구분하기 힘들었다. 두 개의 건물이 살아 있는 괴물처럼 뒤틀리고 꿈틀거렸다. 그걸 마술에다 이용할 수 있을 것 같았다. 나는 떠오른 아이디어와 영상의 링크를 다빈에게 보냈다. 아이디어를 완성하고 싶었지만 지금은 마술에 쏟을 시간이 없었다. 다빈에게 다시 한번 미안하다고 덧붙였다.

저녁 무렵, 재활용 가구를 제작하는 공장에서 야근하는 직원들과 함께 저녁을 먹고 있을 때 다빈에게 전화가 걸려왔다.

"아저씨, 그거 죽이던데요!"

"봤어?"

"그거 어떻게 하는 거예요? 프로젝터로 쏘고 나서 어떻게 하는 거예요?"

"나도 자세히는 모르겠어. 그냥 그런 기법들을 마술에 응용할 수 있지 않을까 싶어서."

"네. 아까 선생님한테 얘기하고 보여줬더니, 아이디어 좋다고 자기가 그쪽 방면 전문가들을 한번 섭외해보겠대요."

"응, 잘됐네."

"많이 바빠요?"

"응, 좀 많이 바쁘네."

"재미있을 거 같은데."

"나도 아쉽지. 너라도 잘해서 멋진 데뷔 무대로 만들어봐. 쇼가 언제지?"

"일주일 남았죠."

"하필 이때 바빠서 미안하다. 장선생님한테는 따로 전화드렸어."

"돈 많이 벌어서 맛있는 거 사주세요."

"그래, 많이 벌게."

"쇼는 보러 올 거죠?"

"응, 가야지."

어째서 사건들은 번호표를 받아 대기하지 않고 한꺼번에 빚쟁이처럼 몰려드는 것일까. 어째서 모든 중요한 일은 동시에 일어나는 것일까. 나는 그 이유를 생각해보곤 했다. 왜 어머니가 병원에 입원해 있을 때 내가 치과에 가서 비싼 치료비를 내게 되는 것

일까. 왜 하필 처가에서 부도를 맞은 달에 가게 주인은 세를 올려
달라는 전화를 하는 것일까. 동시에 일어난 수많은 일들에 시달
리느라 몸과 마음이 너덜너덜해질 때면 그 이유를 생각해보곤 했
다. 내가 내린 결론은 전지전능하신 하느님께서 고난의 묶음판매
에 재미를 붙이셨기 때문이라는 것이다. 낱개로 고난을 던져줄
때보다 묶음으로 고난을 안겨줄 때 고난의 효과가 커진다. 낱개
의 고난을 여러 번 겪는 것보다 원 플러스 원 고난을 한 번 겪고
나면 저절로 하느님을 찾게 되니까.

　목재공장에서 걸려온 전화를 받고 공장으로 차를 몰고 가면서
나는 하느님께 간절한 마음으로 기도했다. 이번만은 낱개의 고난
으로 충분하다고, 몸과 마음이 너무 피곤하니, 묶음 고난은 사양
하고 싶다고. 그러니 해야 할 일을 다 하고 나면 그때 다음 할 일
을 주시라고, 지금은 카페 인테리어에 모든 힘을 쏟게 해달라고.

　목재공장에 도착했을 때는 폐목재 분쇄가 한창이었다. 여름장
마 때 떠내려온 폐목재가 공장의 빈터에 쌓여 있었다. 나무들을
바짝 말린 후 가루로 만들어 새로운 나무로 다시 탄생시키는 것
이 목재공장의 일이다. 목재공장의 정사장님은 좋은 폐목재가 입
고될 때마다 내게 전화로 알려준다. 큰 공장으로 목재를 넘기기
전에 고를 기회를 주는 것인데, 내게는 놓칠 수 없는 기회다. 폐
목재 입고가 드문데다 조금이라도 시간을 지체하면 목재를 선택

할 기회가 사라지고 마니 정사장님의 전화를 받으면 무슨 일이 있더라도 곧장 달려와야 한다. 다른 때라면 느긋하게 나무를 골랐을 테지만, 그럴 시간이 없었다. 나는 눈에 보이는 굵직한 나무들만 골라내기로 했다.

공장 앞마당의 나무들은 숲이 누워 있는 것처럼 쌓여 있었다. 젖은 나무들이 물기를 뚝뚝 떨어뜨리면서 자신들을 말리고 있었다. 수많은 가지 끝에서 물방울이 들고 있었다. 나는 걸어다니면서 나무들을 골라냈다. 스프레이를 들고 다니면서 원하는 나무에다 표시를 했다. 그 나무들이 가루가 되었다가 압축된 판자의 형태로 배달될 것이었다. 분쇄한 후의 가루를 볼 때마다 인간의 골분을 보는 것 같아서, 모든 가루는 최후의 존재들이므로, 마음이 숙연해진다. 나무가 가루로 변했다가 다시 판자가 되어 새로운 가구로 탄생하는 과정을 지켜보고 있으면, 그것 역시 일종의 마술이 아닌가 싶기도 하다. 비둘기가 스카프로 변했다가 다시 비둘기가 되는 마술. 화장지가 잘게 찢어져서 흩어졌다가 새로운 화장지가 되는 마술. 나무가 톱밥이 되었다가 다시 나무가 되는 마술. 나무가 쓰러진 곳에서 다시 새로운 나무가 태어나는 마술.

다음날 다빈으로부터 메시지가 도착했다. 운조빌딩에 마술 세팅하는 장면을 동영상으로 촬영한 것이었다. 밝은 곳에서 촬영한 것이라 자세히 보이지는 않았지만 프로젝터로 운조빌딩 전체에다 영상을 투사하는 모습이었다. 어떤 마술이 될지 궁금했다.

마술쇼가 벌어지기 이틀 전날에야 샘플 의자가 완성되었고, 나는 의자를 서둘러 배달하기 위해 직접 차를 몰고 나섰다. 그리고 5톤 트럭 뒤에 커다랗게 쓰인 크랴샤를 만났다.

간선도로가 끝나는 지점에서 드디어 정체가 풀렸고, 차들의 속도가 빨라졌다. 앞질러 갈 수도 있었을 텐데 나는 계속 크랴샤라는 글자를 쫓아갔다. 그 글자를 놓치면 큰일날 것 같았다. 카페가 있는 동네에 거의 도착했을 때 크랴샤라는 글자가 내 앞에서 벗어나 좌회전 차선으로 향했다. 나는 마음속으로 인사를 보냈다. 크랴샤가 나를 인도해준 것 같았다.

카페 직원들 모두 샘플 의자를 마음에 들어했다. 특히 의자 등판을 나무 형태로 만들고 리사이클 마크를 음각으로 넣은 걸 좋아했다. 폐목재를 활용한 티를 내는 게 좋을 것 같았다. 탁자와 의자가 모두 결정됐으니 정해진 날짜에 납품만 하면 되었다. 내가 할 일은 거의 끝났다. 나는 가구공장에 전화를 걸어 작업지시를 내렸다.

샘플 의자를 보여주고, 작업지시를 내리고, 집으로 돌아가는 내내 크랴샤라는 단어가 머릿속을 맴돌았다. 빨리 뜻을 검색해보고 싶기도 했지만 정체불명의 단어가 머릿속을 맴도는 것도 좋았다. 크랴샤라는 단어가 둥둥 떠다녔다.

다음날 다빈에게 전화가 왔다. 마지막 리허설에 함께 가자는 것이었다. 나는 잠깐 망설이다가 갈 수 없겠다고 대답했다. 시간을 낼 수 있었지만 시간이 없다고 했다. 마술 현상에 가서 어색하게 어물쩍거리고 싶지 않았다. 미안한 표정으로 다빈을 만나는 게 싫었다. 가게 문을 닫을 시간이 가까워지자 일이 손에 잡히지 않았다. 리허설 때 가야 마술을 더 잘 볼 수 있고, 더 많은 걸 배울 수 있다. 지금 가지 않으면 더 어색해질 수도 있다. 가야 할 이유와 가고 싶지 않은 이유가 시소를 타고 있었다. 가게를 정리하고 문을 닫고 보안장치를 작동시키고 자동차에 올라타는 순간까지 시소가 움직였다. 차는 운조빌딩이 있는 상가로 움직였다. 내가 운전하는 게 아니라 누군가 대신 운전해주는 것 같았다. 내 팔과 다리가 핸들과 브레이크를 잡고 있을 뿐, 그걸 움직이는 존재는 다른 차원에 있는 것 같았다.

상가 근처에 도착해서 뒷길로 접어들었다. 일단은 다른 곳에 차를 놓아두고 몰래 가볼 생각이었다. 뒷길은 비밀스러워서 어둠뿐이었다. 불 켜진 상가는 하나도 보이지 않았다. 사전조사를 하러 갔을 때는 주소에 신경쓰느라 주변의 모습을 제대로 보지 못했는데, 커다란 상가 전체가 폐허였다. 폐허 위로 어둠이 겹겹이 쌓여 있었다. 나는 차를 세우고 어두운 상가를 걸어갔다. 하늘 위로 밝은 조명이 잠깐씩 새어나왔다. 그곳이 운조빌딩이라는 걸 멀리서도 알 수 있었다. 운조빌딩에 가까이 다가갔을 때 노란색 출입금지 선이 앞을 가로막았다. '일반인 출입 금지'라는 푯말도 함께 붙어 있었다. 지키고 서 있는 사람은 없었다. 리허설중이라 경비가 철저하지는 않았던 모양이다. 나는 잠깐 망설이다가 노란색 선을 넘어갔다. 나 역시 어쨌거나 일반인은 아니니까, 일종의 마술사니까.

운조빌딩에는 커다랗고 흰 천이 덮여 있었다. 예술작품 같던 외벽은 볼 수 없었다. 하얗고 거대한 덩어리밖에 보이지 않았다. 운조빌딩의 뒤쪽에는 커다란 공터가 있었는데, 별다른 장비가 보이지는 않았다. 대부분의 마술은 운조빌딩 앞쪽에 설치된 특별 무대에서 펼쳐지는 모양이었다. 운조빌딩 앞쪽에서 사람들이 웅성거리는 소리가 들렸다. 리허설이 거의 끝나가는 모양이었다. 그 순간 밝은 빛이 갑자기 내게로 쏟아졌다. 운조빌딩에서 나오는 빛이었다. 빛은 건너편에서 빌딩을 통과해 내게로 쏟아졌다. 불가능한 일이었다. 빛이 건물을 통과할 수는 없었다. 나는 어떻게 행동해야 할지 몰라 빛 속에 그냥 서 있었다. 빛을 빤히 보다가 깨달았다. 운조빌딩은 그 자리에 없었다. 하얀 천으로 덮은 것은 운조빌딩이 아니라 허공이었다. 데이비드 카퍼필드가 기차 모양의 프레임을 만들어 기차를 대신했던 것처럼 빌딩의 프레임을 만들어 운조빌딩을 대신한 것이었다. 나는 운조빌딩이 정말 없어진 것인지 확인해야 했다. 나는 흰 천 속으로 들어갔다. 하얀 천의 빈틈 사이로 장막을 걷듯 열고 들어갔다. 거기에는 정말 아무 것도 없었다. 마술처럼 아무것도 없었다. 며칠 전까지만 해도 빌딩이 서 있던 자리는 어느새 평지가 되어 있었다. 보면서도 믿기지 않았다. 나는 바닥에 널려 있는 콘크리트 덩어리를 집어들었다. 건물의 가루들이었다. 잘게 부서진 콘크리트 덩어리들이 바닷가 모래처럼 빛을 받고 반짝였다. 바닥에 닿는 빛이 움직였다. 빛은 변하고 있었다. 그냥 빛이 아니라 건물의 모습을 담은 영상이 투사되고 있었다. 바깥에서 소리도 들렸다. 카메라 테스트 했어? 조명이랑 같이 움직이고, 타이밍을 잘 잡아야 해. 건물이 정말 있는 것처럼 보여야 한단 말이야. 무슨 말인지 알지? 장연창선생의 목소리였다. 어떤 식의 마술이 펼쳐질지 알 것 같았다. 그자리에 있던 건물이 사라졌다가 다시 나타나는 것이 아니라 건물을 없앤 다음 있는 것처럼 꾸몄다가 영원히 사라지게 하는 마술이 펼쳐질 것이었다. 그것은 마술일까. 마술이라고 해야 할까. 마술이다. 분명히 마술이다. 마술이지만, 나는 그걸 마술이라고 부를 수가 없었다. 소멸된 것들은 되살아날 수 없으며 찢어진 것들은 절대 다시 붙을 수 없다. 나는 운조빌딩이 있던 빈터에 서서 어디로 가야 할지 알 수 없었다. 길을 잃은 기분이었다. 빌딩의 앞으로 나가 다빈을 찾아야 할까. 빌딩의 뒤로 가서 조용히 사라져야 할까. 나는 길을 잃었다.

마술쇼는 텔레비전을 통해 봤다. 그 자리에 가고 싶지 않았다. 쇼는 화려했다. '데이비드 카퍼필드 이후 최고의 마술사 하미레즈'라는 광고문구가 자주 등장했다. 그의 마술은, 그저 그랬다. 돈이 있으면 할 수 있는 마술이었다. 쇼의 하이라이트는 장연창이 맡았다. 운조빌딩이 화면에 나타났다. 화려한 조명이 운조빌딩을 비추고 있었다. 그 화면의 정체는 알 수 없었다. 건물을 무너뜨리기 전에 촬영한 것인지, 아니면 건물을 찍은 영상을 투사한 것인지 구분할 수 없었다. 그 건물이 실재하지 않는다는 것을 이미 나는 알고 있었으므로 구분이 필요없었다. 장연창은 헬기를 동원해 거대하고 하얀 천을 건물에 씌웠다. 그리고 그 하얀 천을 허공에 띄웠다. 운조빌딩이 허공으로 떠올랐다. 허공에 떠오른 하얀 육면체는 약간 떨렸다. 구름처럼 떨렸다. 하얀 천이 아래로 툭 떨어졌고, 운조빌딩은 사라졌다. 이원 생방송으로 진행되던 마술쇼를 지켜보던 관객들은 소리를 질렀다. 믿을 수 없는 광경이었다. 몇몇은 다시 빌딩이 나타나는 마술을 기대했지만 쇼는 거기서 끝이었다.

그해는 모든 게 허물어지고 사라지는 시기였다. 봄에는 오래된 다리 하나가 무너지는 바람에 시민 두 명이 다치는 사고가 있었고, 여름에는 뉴타운 건설을 위한 대규모 철거사업 때문에 도시가 떠들썩했다. 가을에는 마술쇼와 함께 운조빌딩이 사라지는 걸 봤고, 겨울에는 끝내 어머니가 돌아가셨다. 어머니가 돌아가시자 한 해가 끝났다는 기분이 들었다. 다음해 봄이 시작되면 어머니가 다시 살아나서 새로운 한 해를 시작할 것 같았다. 다시 죽어서 다시 태어나고, 매년 그렇게 한 해를 보낼 것 같았다. 그러나 나는 분명히 안다. 소멸된 것들은 되살아날 수 없다. 그리고 찢어진 것들은 절대 다시 붙지 않는다. 나는 삶과 마술을 때때로 바꾸고 싶어진다. 화장지가 붙는 대신 어머니가 되살아나는 장면을, 스카프가 비둘기로 변하는 대신 돈으로 변하는 장면을, 꿈꾼다. 그러나 그렇게 될 수 없다는 것을 분명히 안다.

크라샤. 나는 그 시절을 회상할 때 단 하나의 단어로 모든 걸 되살린다. 크라샤. 그 단어의 의미는 한참 후에 알았다. 영어 단어 'crusher'의 발음을 옮겨적은 것이었고, 모든 걸 잘게 부수는 기계의 이름이었다. 크라샤. 그 단어는 주문처럼 순식간에 모든 기억을 되살린다. 분쇄된 가루는 최후의 이름들이다.

재미삼아 마술을 할 때도 있지만 본격적인 수업은 포기했다. 내게는 마술에 대한 재능이 없었다. 삶과 마술을 혼동하는 사람은 제대로 된 마술을 할 수 없다. 이제는 유명한 마술사가 된 다빈을 텔레비전에서 볼 때마다 그걸 느낀다. 다빈은 삶을 버리고 마술을 선택했다. 사람들은 그의 마술을 통해 삶을 잊고 환각을 본다.

나도 가끔 환각을 본다. 쉰이 넘은 다음 급격히 나빠진 시력 때문인지도 모르겠다. 있었다가 없어진 것들이 보일 때가 있다. 어머니가 문득 나타날 때도 있다. 말을 걸 뻔한 적도 있다. 어머니, 어쩐 일이세요? 말이 목에 걸렸다가 다시 들어간다. 운전하다가 문득 강을 쳐다보는데 사라진 다리가 눈에 나타나기도 한다. 운조빌딩을 지나갈 때도 그랬다. 그 자리에는 이미 거대한 쇼핑몰이 들어섰는데, 내게는 가끔 운조빌딩이 보인다. 바깥으로 툭 튀어나온 책상 같던 운조빌딩이 나타난다. 고개를 젓고 눈을 깜빡여본다. 환각은 금방 사라진다. 동그란 가로등 불빛이 수십 개 눈앞에 나타났다가 사라진다. 눈이 침침하다. 도시는 절대 낡지 않는다. 나만 낡아갈 뿐이다.

발명가 김중혁씨의 도시 제작기

차미령(문학평론가)

1. 들어가며 : 수집가ㅡ디제이, 도시를 발명하다

자연인 김중혁이 어떤 사람인지는 잘 알지 못한다. 다만, 나에게는 그가 어느 술자리에서 장난스러운 포즈로 피사체가 되어준 사진이 하나 있는데(그는 기억에 없을 것이다), 사진에 담긴 그의 표정은 그가 그린 일러스트나 카툰의 주인공들과 어딘가 닮아 있다. 알다시피, 그는 재주가 많은 미인이다. 『펭귄뉴스』 『미스터 모노레일』의 표지 일러스트는 손수 그렸으며, 한 시사지에 카툰을 연재하고 있기도 하다. 과거에는 웹디자이너와 기자이기도 했고, 지금은 인터넷 방송 '문장의 소리'의 연출가이기도 하다. 뭐랄까, 21세기형 팔방미인?

그렇다면 소설가 김중혁은 어떤가. 그동안 여러 평자들이 어떤 일을 즐겨하는 사람에 빗대어 소설가로서의 그를 확인하곤 했다. 지금까지 한동안 그가 선호한 글쓰기의 대상들은 LP, 라디오, 자전거, 지도, 타자기 등 아날로그적 사물이 아니었던가. 이 사려 깊은 '수집가'가 시간 저편으로 물러난 듯한 사물들의 온기를 충만하게 복원해낼 때 그의 소설들은 '무용지물 박물관'이 된다. 그런데, 그뿐이던가? 다른 한편, 김중혁은 어느 소설에서 "우리들은 모두 어느 정도는 디제이인 것이다"라고 단호하게 쓰기도 했다. 이 영민한 '디제이'가 마치 퍼즐이나 레고블록을 조립하는 것처럼 자신의 선율을 조립해낼 때, 그의 소설은 '리믹스 소설'(신수정)이 된다. 해서, 다음과 같이 이야기하는 데 나는 별 거리낌이 없다. 김중혁이 등단한 후 펴낸 두 권의 소설집을 갖고 있다면, 아주 특별한 박물관과 각별히 기념할 만한 리믹스 앨범을 소장하고 있는 것이다. 무용한 것들을 향한 교감과 사랑으로 충만한 박물관과, 잘 어울릴 것 같지 않던 소리들이 신비로운 비트로 연결되는 앨범.

그렇다면 이쯤에서 질문 하나. 수집가 김중혁과 디제이 김중혁이 한 테이블에 앉는다면 어떻게 될까? 잊혀진 사물에서 유일무이한 어떤 것을 발견하는 수집가와, 오리지널리티에 대한 의문으로부터 현대 예술의 숙명을 발견하는 디제이는 서로를 낯설어하지는 않을까. 그러나 짐작건대 김중혁이라면, 수집가냐, 디제이냐, 박물관이냐, 리믹스냐라는 구분은 그리 중요하지 않다고, 그

것들이 우리의 느낌과 마음을 어떻게 깨어 있게 하느냐가 문제일 뿐이라고 답할지도 모르겠다. 에스키모의 나무시도(「에스키모, 여기가 끝이야」)도 '엇박사 D'의 리믹스(「잇박자 D」)도 그런 점에서라면 읽는 이의 영육을 일깨우는 하나의 창안이자, 발명이다.

맥락은 상이하지만, 발명가 김중혁의 면면에 대해서라면 조금 더 할 말이 있다. 예컨대 내가 세번째 소설집 원고를 읽으며 새삼 김중혁식 마술에 홀려 허둥댄 정황은 이렇다. 「유리의 도시」를 읽다가 나로서는 그다지 잘 하지 않는 실수를 했는데, 혹시나 하는 마음에 검색창에 '알루미노코바륨'을 쳐보았던 것이다. 아니겠지 하면서 다시 '울트라소닉 라이플'과 '리파인 팩토리'까지 찾아본 것은 왜일까. '서울시'라는 꼬리표가 붙어 있었지만 "광찬구 미온동"까지는 시도해보지 않은 것이 그나마 다행이라면 다행이겠다. 암스테르담에서 개최된 '2009 세계단추박람회'나 모 구청에 있는 '자연환경산림관리과'(「바질」), 혹은 '슬래시 매니저'들의 모임인 '건물관리자연합'(「1F/B1」)은 또 어떤가. 명저이자 베스트셀러인 『지하에서 옥상까지―건물 관리 매뉴얼1, 모든 건물은 마찬가지다』(「1F/B1」)나 '올해의 논문상' 최종후보에 오른 「정글의 일방통행 연구―정글의 미로는 어떻게 동물들의 움직임을 부드럽게 만드나」(「C1+y=:[8]:」)도 오직 김중혁 소설에서만 만날 수 있는 김중혁표 발명품들이다. 오로지 하나만 존재하는 것들을 그러모으는 수집가의 열정과, 실재하는 재료들을 조립하고 해체하는 디제이의 성벽이 교차하는 곳에서 발원하는 발명충동이랄까.

확실히 작가 김중혁은 현실성의 축보다는 가능성의 축에서 소설이라는 허구를 소화하고 있다. 이 소설집에 수록된 소설들은 그럴듯함이라는 최소한의 격률을 무시하지 않으면서, 실재하는 대상에 대한 미메시스적 재현과도 거리를 둔다. 그래서, 특히 저와 같은 허구적인 창안들에서, 보르헤스풍의 가짜 사실주의(pseudo-realism)가 적지 않은 시간 퇴적되어 형성한 지층의 한 단면을 떠올리게 되는 것도 무리는 아니다. 하지만 그것들은 독자에게 한방을 날리려고 맘먹은 복서의 다부진 주먹보다는, 이러이러한 분위기 속에서 소설을 읽어달라고 청하는 상냥하고 유쾌한 악수에 가깝다. 김중혁 소설의 독자이기로 한 이상 우리가 'C1+y=:[8]:' 나 '1F/B1' 과 같은 제목에 당황할 필요는 없는 것이다.

이 책을 읽어나가기 전에, 간단히 짚어두어야 할 것들은 이 정도면 충분할까? 너무나 확연히 눈에 띄어 언급하는 것이 오히려 머쓱해지는 책의 중요한 개성이 하나 더 있다. 마니아적 감수성을 드러낸『펭귄뉴스』와 소리의 향연이라 할 만한『악기들의 도서관』역시 그랬거니와, 김중혁은 자신의 소설집을 단순히 시기별 모음집으로 묶어오지 않았다. 각각의 소설집마다 콘셉트가 분명했다는 뜻이다. 이미 옮겨적은 발명품의 면면에서 짐작되겠지만, 이번에는 도시다. 지하에서 우주까지, 골목에서 빌딩숲까지, 이 소설집의 김중혁은 노시 곳곳을 새로 쓰고 있다. 우리가 지각하고 인식해온 도시와 묘하게 닮아 있기도 하고 또 묘하게 낯설기도 한 그 공간. 사물에서 인간으로, 인간에서 다시 공간으로 나아가고 있는 그의 궤적을 이제부터 뒤쫓기로 한다.

2. 징후와 파국 너머 : 기원으로 가는 길

우리가 살아가는 현실의 도시와 먼 거리에 있는 것처럼 보이는 도시들부터 먼저 탐사해보자. 말하자면, '우주여권'이 있으면 "화성 목성 패키지투어"가 가능한 미래의 도시부터. 「3개의 식탁, 3개의 담배」「유리의 도시」「바질」은 SF, 킬러물, 재난물, 괴수물 등의 장르적 코드를 우선 떠올리게 한다. 그러나 무심한 살인과, 이유를 알 수 없는 재난, 괴식물의 습격 등, 죽음의 커튼이 내려오고 있는 도시의 삶들에서 우리가 직면하는 것은 어떤 징후들이다. 소설에서 현대 도시를 향한 희미한 경고음들은 습기로부터 움터온다. 고속도로를 가득 채우고 있는 안개(「3개의 식탁, 3개의 담배」), 곧 비를 쏟을 것 같은 하늘(「유리의 도시」), 콧속에 들러붙는 물방울과 그늘의 냄새(「바질」).

서사가 전개되는 동안 인물들의 지칭이 시시각각 바뀌는 소설은 얼마나 될까? 없지는 않겠지만, 흔치는 않을 게다. 「3개의 식탁, 3개의 담배」의 첫 문장에서 시선을 모으는 것은 '2021394200'. 소설의 흥미로운 설정 중 하나는 인물들이 앞으로 자신에게 주어진 시간을 알고 있다는 것이다. 가령, 주인공의 이름은 한 시간에 1씩 줄어드는 숫자로 되어 있어서, 그는 '2021394200'으로 등장했다가 '2021394194'로 퇴장한다.

우리의 시간관념으로 환산하면 사십오 년 정도를 더 살 수 있었을 이 남자는 솜씨 좋은 킬러이고, 그의 작업도구는 '담배 폭약'이다. 그는 실내에 반사된 소리로 장애물들의 위치를 알아내는 등 탁월한 감각의 소유자이지만, 희로애락의 감정은 거의 없는 것처럼 보인다. 그가 작업을 행하는 방식은 기계적으로, 깔끔하다. 목표물에게 마지막 대화를 청할 정도의 아량은 있으나 죽음에 대해서는 "그냥 줌아웃되는" 것일 뿐이라고 생각한다. 단지 그의 직업적 성향의 발로인 것일까?

소설이 시작된 후 얼마 지나지 않아, 또 한 명의 인물이 그의 차에 동승한다. 「유리방패」나 「나와 B」 등으로 대표되는, 김중혁 소설의 트레이드 마크 중 하나인 '남성 버디'는 이 소설집에서는 상당히 축소되어 있다. 그 대신 눈길을 끄는 쌍은 「3개의 식탁, 3개의 담배」의 아저씨와 소녀 커플이다. 소설을 읽으며, '킬러와 소녀'를 내세운 내러티브의 대명사 〈레옹〉를 떠올리는 것도 무리는 아니다. 그런데 대체로 그런 이야기늘에서 아저씨의 할 일은 무엇인가, 사랑하는 소녀의 미래를 밝히는 것이 아닌가? 그러나 이 소설의 아저씨는 어떤가?

이 소녀에게는 미래가 없다. 그녀에게 있는 것은 99, 98, 97, 96으로 타들어가는 현재일 뿐이고, 그마저도 몇 시간 남아 있지 않다. 물론 원론적인 층위에서 볼 때, 인간의 삶은 변수가 아니다. 죽음이라는 답이 주어진 상수다. 하지만 소녀가 사는 메갈로시티에서는 개개인의 수명 자체가 이미 설계되어 있다. 마치 자동운행장치에 의해 운행되는 자동차처럼, 모든 '라이프'는 '센터'에 의해 '컨트롤'된다. 그 사실이 스무 살이 채 되지 않아 보이는 그녀의 지난 인생에 어떤 영향을 끼쳤는지 자세히 짐작하기는 어렵다. 이마에서 턱까지 얽혀 있는 "수십 개의 흉터"를 통해, 매 순간 얼마 남지 않은 수명을 확인하는 시한부 인생의 고통을 추측할 수 있을 뿐이다. 그 소녀가 말한다. "구십육 시간이 저에겐 답이에요. 질문을 알고 싶어요."

이번에는 또다른 도시로 가보자. 이름하여, 서울이다. 「3개의 식탁, 3개의 담배」에서 메갈로시티의 사람들이 자신의 생명이 언제 꺼질지 알고 있다면, 「유리의 도시」의 서울 사람들은 오히려 그 반대다. 이야기를 펼쳐놓기 위해 작가는 먼저 그의 공간을 유리로 가득 채웠다. 시각과 광학 이미지의 총아인 유리는, 도시의 공간 재현에 빼놓을 수 없는 요소다. 더욱이 소설에서 문제가 되는 대형 유리들은 "건물을 부수지 않고 외관만 유리로 교체하는" 새로운 유행의 산물로 형상화된다(경관을 갱신하여 교환가치를 높이는 소위 도심 리모델링 사업의 일환으로 짐작되거니와, 뒤에서 살펴볼 「1F/B1」과 「크라샤」가 배경으로 하고 있는 신개발주의의 양상들과도 결부되겠다). 이제 도시는 물리적으로 건설된 것일 뿐 아니라 화학적으로 변형된 것이며, 따라서 화학적으로 폭파될 수도 있다.

「유리의 도시」에서의 작가의 상상 역시 「3개의 식탁, 3개의 담배」의 그것만큼이나 이채롭다. 소설 속 인물처럼 주위를 둘러보라. 유리가 없는 건물은 없다. 대도시의 빌딩숲은 거대한 유리의 숲이나 마찬가지가 아닌가. 그런데 그 유리들이 일순간 추락한다면? 수천수만 개의 유리 중, 언제 어느 것이 추락할지 누구도 알 수 없다면? 공중에서 낙하하는 유리들을 인지하고 피할 방법도 없다면? 다시 말해, 소설 속의 유리 추락은 고도의 위험사회에 돌입한 현대 도시의 알레고리로서 손색이 없다. 곤두박질치는 주가에서부터 폭발하는 핵발전소에 이르기까지, 일상의 매순간을 불안에 떨게 하는 위험의 요소들은 이제 예측할 수도 없고, 통제

할 수도 없지 않은가.

이러한 컨텍스트는 추락의 원인을 특정할 수 없는 소설의 마지막 국면에서 보다 적나라하게 드러난다. 중반에 이르기까지 작가는 이윤찬의 수사와 추리를 중심으로 소설을 전개해나간다. 일련의 착오와 실패 끝에 고은진이 범인으로 지목되지만, 사건은 완료되지 않고 다시 미궁으로 빠진다. 그 미궁에서 길어올린 소설의 마지막 문장은 강렬하다. "창을 닫자마자, 먹을 것을 찾아 몰려드는 생물체처럼 빗방울이 창문으로 달려들었다." 소설을 읽다보면 유리의 파편에 의해 희생되는 사람들은 마치 생명이 없는 존재처럼, 반대로 유리는 생명을 가진 존재처럼 묘사되고 있는 듯 느껴진다. 그리고 마침내 비 비린내가 사고의 전조로 육박하는 순간부터 도시 속 삶에 도사리고 있는 파국은, 흡사 굶주린 생물체의 무자비한 공격처럼 다가온다. 그렇다면 다음 장면은 어떤가?

덩굴 한 줄기가 그늘에서 뻗어나와 차우영에게 다가가고 있었다. 그것은 뱀처럼 흐느적거리거나 이리저리 비틀거리지 않고 곧장 차우영을 향해 다가갔다. 덩굴에는 이파리가 여러 개 달려 있었고, 이파리 아래에 촘촘한 촉수가 뻗어나와 있었다. 언뜻 보면 지네 같은 절지동물이 천천히 기어나오는 모습 같았다. 첫번째 덩굴이 정찰을 끝냈다는 듯 덩굴 몇 줄기가 더 기어나왔다. 다섯 개의 덩굴이 천천히 차우영에게 다가갔다. 덩굴은 천천히 차우영의 몸을 기어올랐다. 덩굴 두 줄기는 차우영의 발목을 감쌌고, 나머지 줄기는 무릎을 타고 팔까지 올라갔다. 차우영은 아무것도 느끼지 못했다. 덩굴은 조심스럽게 움직였다. 덩굴 하나는 몸을 곧추세워 차우영의 얼굴 쪽으로 향했다.(120쪽)

「유리의 도시」에서 이윤찬에게 포착되었던 빗방울의 식욕은, 「바질」에서는 차우영을 노리는 덩굴줄기들의 지능적인 동태로 발전한다. 그러니 이번에는 도시 뒤편의 야산이다. 앞의 두 소설에 비하여 「바질」은 최소한 첫 몇 페이지까지는 담담하게 흘러간다. 공간도 좀더 일상적인 공간, 지윤서의 집이 있는 주택가 동네로 옮겨왔다. 그러나 한 연인의 후일담처럼 읽히던 소설의 분위기는 일순 바뀌고 이야기는 걷잡을 수 없이 흘러간다.

스트로 같은 이파리의 촉수, 지네처럼 움직이는 덩굴을 비롯하여 괴식물의 실감나는 묘사만으로도 이 소설은 일독할 가치가 있다. 킬러의 액션 장면(「3개의 식탁, 3개의 담배」)이나 유리가 추락하는 장면(「유리의 도시」) 등을 포함하여, 세 소설의 특정 장면들은 미장센이 오로지 영상의 관할권 아래 있다는 선입견을 가뿐히 넘어선다. 이 장면들에서 김중혁의 활자들이 직조해내는 구도와 동선은 조형적 이미지를 생산하는 카메라 테크닉을 방불케 한다

(그러나 이러한 언급이 세 소설이 장르적 문법을 편안히 따라가고 있다는 투로 번역되지 않았으면 좋겠다. 김중혁 소설의 진정한 매력은 세 편 공히 그렇거니와, 그러한 배경에서 작중인물들이 교환하는 '대화의 맛'에 있다. 킬러와 소녀의, 이윤찬과 정남중의, 박상훈과 차우영의 대화를 놓치지 마시기 바란다). 지면을 뚫고 나와 다음 차례로 독자를 덮칠 것만 같은 이 괴식물의 생명력과 전투력은 가히 압도적이다. 지윤서에게 씨앗을 판 할머니는 거짓말하지 않았다. "보통 바질이랑" '다르고', "크기도 아주 크"고, "아무 때나 잘 자라"는 '그것'.

그렇다면 '그것'은 어떻게 하여 '그것'이 되었나? 잠시 우회하여, 체르노빌에서 자라난 괴식물들은 어떻게 하여 괴식물이 되었나? 〈고질라〉나 〈괴물〉과 같은 괴수물에서 그러하듯이, 이러한 종류의 서사에서 괴생명체의 발생 원인은 쉽게 지나칠 수 없는 관심사가 된다. 핵실험으로 인한 돌연변이라거나, 포름알데히드에 의한 오염이라거나, 아니면 소설 속 인물 차우영처럼 "중국에서 넘어온 변종"으로 추측한다든가. 괴물에 매료된 많은 이들에 따르면, '경고(monere)'와 '출현(monstrare)'이라는 어원을 동시에 갖고 있는 괴물은 절대적 타자가 아니다.(리처드 커니, 『이방인, 신, 괴물』, 이지영 옮김, 개마고원, 2004) 마침내 봉인이 해제된 괴물들에게서 우리가 읽어야 할 것은 우리-자아가억압해온 어떤 것이다.

　세 편의 소설 중, 「유리의 도시」 「바질」은 더 장대하게 이어질 이야기의 프롤로그처럼 다가오고, 반대로 「3개의 식탁, 3개의 담배」는 기나긴 전개부가 생략된 이야기의 에필로그처럼 다가오는 감이 있다. 전자가 '무엇이 도시에 괴물을 풀어놓았느냐'라는 질문과 가까이 있다면, 후자는 '이미 괴물인 도시에서 어떤 선택이 가능한가'라는 질문과 상대적으로 더 가까이 있기 때문이다.

　다시, '그것'은 왜 '그것'으로 드러나는가. 「유리의 도시」와 「바질」을 함께 묶어 읽자. 기묘하고 섬뜩한 파국의 현장에서 시간을 거꾸로 돌리면, 이별의 상처가 검은 아가리를 벌리고 있다. 「유리의 도시」에서 사랑하는 누군가를 의문의 추락사로 잃은 한 인간은, 스스로를 유리처럼 깨어지게 하기를 원했고, 다음에는 도시의 유리들을 산산조각내기를 원했고, 마침내는 그러한 충동 자체가 생명력을 얻게 된다. 예외적인 '이상심리'일까? 「바질」을 보면 그렇다고 단언할 수만은 없을 것 같다.

　연인과 헤어져본 사람들이라면 「바질」의 박상훈의 심리도, 지윤서의 심리도 낯설지 않을 것이다. 한 사람은 균형을 통째 망가뜨리는 산발적인 고통에 시달리고, 다른 한 사람은 균형을 무너뜨리지 않으려 휴식과 잡념의 시간 없이 일에 매달린다. 전자는 그 사람이 있었던 일상을, 후자는 그 사람이 없는 일상을 각각 유지하는 것으로 고통의 시간을 통과하려 하지만, 시간이 채 지나기도 전에 빨판 달린 덩굴이 스멀스멀 기어나온다. 그런데 「바질」에서 박상훈과 지윤서가 맞닥뜨린 이 기괴한 사태가, 「유리의 도시」에서 고은진을 사로잡은 환각과 어딘가 닮아 있다고 하면 지나친 일일까? 괴식물과 사투를 벌이는 박상훈이 "지윤서와 헤어지기 전의 도시"를 꿈꾸는 것을 보라. 「바질」에서 김중혁은 괴식물물이라는 초유의 장르로 사랑이 상실된 이후를 적어나가고 있다. 애초에 바질의 향과 맛에는 두 사람의 추억이 깃들어 있었거니와, 괴식물의 형상에서 인물들이 의식 저편으로 억누르고자 했던 상실감이 발아한 모습을 읽어내는 것은 그리 무리가 아니다.

"기분 나빴다면 죄송해요."

"그렇게 죽고 싶어하는데 원하는 대로 해줄게."

"구십육 시간이 남은 걸 아는 사람에게 죽는 건 하나도 중요하지 않아요."

"그럼 뭐가 중요한데?"

"질문이요."

"어떤 질문?"

"어떤 질문이든 상관없어요. 답은 이미 알고 있으니까 저한테

필요한 건 질문이에요. 질문을 알고 싶어요."(156~157쪽)

「3개의 식탁, 3개의 담배」를 앞에 두고 이제 질문을 바꿔보자. 어떤 선택이 가능한가. 모든 곡선이 오직 직선이 될 뿐인 메갈로시티에서. 담배 한 개비가 타는 시간과 한순간의 빛으로 스러지게 하는 폭약의 조합은, 저 미래사회의 킬러를 우수 어린 분위기로 감싼다. 그러한 우수에는 생을 압축하는 '블랙홀 체험관'이나 '우주증후군'의 신비로운 이미지도 함께하고 있을 것이다. 하지만, 삶의 다채로운 결들은 다 어디로 갔단 말인가.

「3개의 식탁, 3개의 담배」는 선택을 박탈당한 세대들에 관한 이야기로 읽히는 측면이 있다. 이 디스토피아에서 아저씨보다 소녀에게 살아갈 시간이 더 적게 남았다는 것은 암시적이다. 이제 남은 시간 동안 소녀는 무엇을 할 수 있는가. 97은 96이 되자 킬러에게 우주로 보내달라고 말한다. 그가 처음에 그렇게 받아들이듯이, 폭약으로 생을 끝내달라는 청으로 읽을 수도 있겠다. 하지만 소녀의 제의는 그녀가 스스로 선택할 수 있는 유일한 것이며, 그 속에는 자신과 세계의 기원에 대한 의문이 담겨 있다. 어떤 선택의 집합을 파열하고, 주어진 설계를 파기하며, 새로운 길을 찾고자 하는, 그러나 손에 잡힐 것 같지는 않은 소망.

그 소망은 비단 소녀뿐 아니라, 이번 소설집에서 김중혁이 창조한 다른 인물들이 공통적으로 숨기고 있는 것이기도 하다. 메갈로시티의 소녀가 지구에서의 짧은 동행 동안 상기하게 한 이 문제를 잊지 말고 다른 도시로 발길을 옮겨보자.

3. 골목과 통로 : 설계자의 시선과 걷는 자의 감각

김중혁의 이번 소설집을 읽다보면 뇌리를 떠나지 않는 하나의 이미지가 있다. 도시의 이곳저곳을 연결하는 길과, 그 길의 어느 끝에서 만나는 낯선 풍경. 예를 들어, 「바질」도 그 연상에서 그리 멀지는 않다. 덤불 아래서 콘크리트 파이프를 발견한 박상훈은 그 속을 기어가서 마침내 덩굴의 총본산인 둥근 공터에 도착하니까. 하지만 괴식물 군집이 연출하는 기괴한 풍경을 다시 꺼내지는 않아도 되겠다. 「크라샤」와 더불어 이 소설집의 백미라고 할 수 있는 「C1+y=:[8]:」를 먼저 읽기로 한다.

「C1+y=:[8]:」의 첫 문장은 이러하다. "지구가 멸망해도 바퀴벌레는 살아남는다면, 바퀴 달린 것 중에는 반드시 스케이트보드가 살아남아야 한다고 나는 믿는다." 처음부터 지구 멸망이라니, 일견 이 소설도 묵시록적 상상력을 깔고 있는 듯하지만 어딘가 유쾌하고 즐겁지 않은가? 주인공처럼, 바퀴벌레와 쥐 들이 스케이트보드에 승선하여 바다를 항해하는 광경을 떠올려보라. 김중혁은 언어의 소리나 형태, 혹은 통사적 구조에 착안한 유희에 능한 작가인데, 위의 경우 '바퀴(벌레)'와 '바퀴'라는 동음이의어를 활용하고 있지만, 그것이 단지 말놀이에 불과한 것만은 아니다. 생존력의 아이콘인 바퀴벌레에 필적하는 스케이트보드, 이러한 예찬에는 도시개발담론이 조망할 수 없는 어떤 공백이 함축되어 있다. 그런데, 그렇게 읽어도 될까?

소설의 '나'는 도시학 연구자이며, 도시 계획과 관련된 일련의 논문들을 발표한다. 순서대로, 「콘크리트 정글, 혹은 정글이라는 도시」「정글의 일방통행 연구」, 그리고 표제가 된 「C1+y＝:[8]:」. 이 도시 산(産) 연구자가 먼저 매료되었던 대상은 정글이다. '정글의 원리를 서울에 적용'하는 발상은 순전한 허구 같지만 작가 김중혁답게 그 허구는 '도시는 정글이다'류의 적자생존의 모토가 아니라 '정글짐'과 같은 아이들의 놀이기구에서 파생되고 있다. 그러나 그는 정글에서 패퇴하고 마는데, 그 내력은 두 가지 측면에서 음미해볼 만하다.

먼저 도시인들이 "거대한 생명체" 앞에서 느끼는 공포에 대해서 언급하지 않을 수 없겠다. 그가 정글에서 확신하게 된 것은 "나는 도시를 떠나서는 살아갈 수 없다"는 사실. 변종 바질의 거대한 덤불 앞에 선 인간의 공포만하겠냐마는, "무시무시할 정도로 짙은 녹색"으로 가득한 정글 쪽도 결코 만만치는 않을 것이다.

도시에서 나고 자란 아스팔트 키드들에게 장엄한 녹색은 공포나 경이의 대상일 수는 있을지언정, 삶의 대상이 될 수는 없다.

다른 하나는, '나'가 그 의미를 쉽게 깨닫지 못했던 어떤 시적인 체험. 정글의 언덕바지에서 속수무책 미끄러지던 그는 '긴허리아기말원숭이'(찾아보지 마시라, 이 소설에서만 만날 수 있는 원숭이다. 빗살무늬호랑이와 백묵코끼리와 벽돌총새도!)에 의해 목숨을 구하지만, "어쩐지" 부끄러운 심정이 된다. 그런 그의 심리 한편에, 종적인 우월감이 전혀 없었다고 하기는 어려워 보인다. 그러나 소설의 마지막 장면에서 우리는 원숭이에게 "고맙다는 인사라도 해야 했다"고 자책하는 그를 다시 만나게 된다. 대관절 무슨 일이 있었기에?

그는 고백한다, "내가 만들고 싶은 도시가 있었다"고.

내가 만들고 싶은 도시가 있었다. 모든 골목과 골목이 이어져 있고, 미로와 대로의 구분이 모호하고, 골목을 돌아설 때마다 사람들이 깜짝 놀랄 만한 또다른 풍경이 이어지며, 자신이 찾아온 길을 되돌아가기도 쉽지 않을 정도로 무수히 많은 갈래길이 존재하는 도시를 만들고 싶었다. 도시의 외곽에는 바다가 있어 아무런 기대도 하지 않다가 문득 코끝으로 비린내가 훅 끼치는 순간 파도가 자신에게 몰려드는 풍경을 사람들에게 선사하고 싶었다. 몇 시간 동안 스케이트보드 낙서를 따라다니다 '보드빈터'와 처음 마주쳤을 때 나는 내가 만들고 싶었던 도시의 모습을 보았다. 보드빈터는 갑자기 나타난 바다와 같았다. 넓은 빈터에 스케이트보드를 탈 수 있는 시설과 재주를 부릴 수 있는 장애물이 이리저리 세워져 있었는데, 그건 일종의 작은 도시처럼 보였다.(32쪽)

위 장면에서 그는 '보드빈터'에서 이상적 도시의 모습을 읽어낸다. "일종의 작은 도시"처럼 보이는 보드빈터의 묘사도 흥미롭지만, 그가 그곳에 이른 과정 또한 문제적이다. 그는 낙서를 쫓다가 네 개의 원과 사각형으로 이뤄진 낙관을 발견하고, 이어서 그 낙관의 주인인 '숏컷라이더즈'와 만난다. 그는 내처 그들에게 스케이트보드 강습까지 받지만 모종의 장벽을 넘어서지 못한다. 말하자면, 정글에서 만난 원숭이와 상교동에서 만난 숏컷라이더즈는 "멀리서 관찰할 수는 있었지만 그 속에 들어갈 수는 없"다는 점에서 비슷한 존재들이 아니었겠는가.

그러나 새해의 어느 날 상황은 반전된다. 이미 결정된 미래가 관리될 뿐인 어느 도시(「3개의 식탁, 3개의 담배」)의 풍경과 그날의 골목길 풍경을 비교해보면 어떨까. 스케이트보드를 타고 낙서를 따라가는 길은, 여러 사람들이 먼저 밟은 경로가 축적되어 만들어지는 길이며, 언제 무엇이 어떤 방향을 가리키고 있을지 밟아

보지 않고서는 알 수 없는 열린 길이다. 개인적인 흔적들을 저장하고, 돌발적인 풍경을 생산하는 그 길. 피로와 고독, 권태와 우울을 짊어지고 사는 그와 같은 도시인이, 길의 끝에서 만난 빈터를 "갑자기 나타난 바다"에 비유하는 것은 그리 이상하지 않다.

그러니 이쯤에서 다시 정글의 원숭이에게로 돌아가도 되겠다. 그는 보드빈터에서 원숭이의 환영을 만난다. 왜일까. 이지가 유연한 동작으로 보드빈터의 끝으로 갈 때, 그가 정글을 떠올린 것은 그곳에 절벽이 있어서만은 아닐 것이다. 도시를 디자인하는 그에게 서울 한복판의 좁은 골목들은 그 이전까지는 존재하지조차 않았을 것이다. 장애물타기를 시도하다 널브러진 그를 이지가 구해주는 장면과, 정글에서 조난된 그를 원숭이가 구해주는 장면이 자연스레 포개지는 이유가 여기에 있다. 그와 같은 연구자들의 눈길이 닿지 않는 곳에, 나름의 방식으로 삶의 지혜를 축적하고 그들만의 길과 터를 만들어온 존재들이 있었던 것이다.

도시의 좁은 골목골목이 이어져 보드빈터에 이른다는 「C1+y=:[8]:」의 상상은, 모든 건물의 지하관리실이 좁은 통로로 이어져 비밀관리실로 합류한다는 「1F/B1」의 상상과 유사한 측면이 있다(두 소설의 제목은, 그 길로 이끌어가는 기호들이기도 하다). 두 소설 모두 '숏컷라이더즈'와 '슬래시 매니저' 등 주류와는 거리를 둔 비주류의 감성적 연대를 소설화하고 있다는 점도 더불어 기억해둘 만하다. 그렇다면 「C1+y=:[8]:」에서 주인공이 도시 골목을 누비는 장면과 선명한 대조를 이루는 장면으로 「1F/B1」에서 한 빌딩의 꼭대기층에서 네오타운 전체가 조망되는 장면을 꼽을 수 있지 않을까.

네오타운이 암흑으로 바뀌던 순간 구현성은 와이즈스타빌딩 꼭대기층에 있었다. 와이즈스타빌딩은 구현성의 이름을 따서 만든 것이었고, 혼자서 조용히 있고 싶을 때마다 머무르는 곳이었다. 그는 꼭대기에서 네오타운이 암흑으로 바뀌는 모습을 지켜보았다. 대부분의 사람들은 네오타운의 불빛이 한순간에 사라진 것으로 알고 있지만 실제로는 그렇지 않았다. 구현성은 꼭대기에서 그 모습을 자세히 보았다. 구현성이 머물고 있는 빌딩에서부터 정전이 시작됐고 도미노가 연이어 넘어지듯 정전은 바깥쪽으로 번져갔다. 순식간에 일어난 일이긴 했지만 한순간은 아니었다. 깜깜해진 네오타운을 보면서 구현성은 자신의 선택이 옳은 것인지 확신할 수 없었다.(191쪽)

구현성은 누구인가. 고평시 네오타운 건물관리자연합의 창설자이자, 비밀관리실을 위시한 빌딩의 최초 설계자가 아닌가. 그런 그가 다른 사람들은 모르는 곳에서 네오타운을 훔쳐보는 광경을 보라. 불빛이 꺼져가는 광경을 도미노가 넘어지는 것으로 난순화하는 그의 시선은 영락없는 설계자의 그것이다. CCTV가 연결된 대형 모니터로 건물 구석구석을 살펴볼 수 있게 한 비밀관리실이 애초에 그랬던 것처럼.

그러나 우리가 이 장면을 두고 '빅브라더'나 '파놉티콘'을 운운하기에는 다소 머쓱해진다. 구현성을 둘러싼 이야기에는, 벤야민이 매혹된 아케이드가 그러했듯이, 화려하게 등장했으나 다른 건물들에 밀려 낡아가다 종내 자취를 감춰버린 숱한 도시 건물들의 그림자가 함께 하고 있기 때문이다. "자잘한 건물들"을 쓸어내고 "팔십층짜리 초현대식 복합상가"를 개발하려는 '비혼개발'의 음모와, 경찰과 같은 공권력의 방조 앞에서 우리는 도시 재개발의 진통을 떠올릴 수밖에 없다.

그 흐름을 막거나 혹은 다른 방향으로 되돌릴 수가 있을까. 김중혁의 대답은 낙관적이라고 하기 어렵다. "특공"들과의 전투 끝에 재개발사업은 중단되지만, '네오타운'은 정해진 행로인 듯 급속한 쇠락의 길을 걷다 결국 "잊혀진 이름"이 되어버린다. 하지만 그럼에도, 작가의 상상력은 일층과 지하 일층 사이를 투시하고, 그 사이 공간에서 다른 가능성을 읽어내려 한다. 설계자의 담론은 포착할 수 없는 대안적인 삶의 방향은 빌딩의 꼭대기가 아니라 그 사이에서 부는 바람을 타고 온다.

그런 맥락에서 주목해야 할 또다른 인물이 윤정우다. 관리자 양성학교를 갓 졸업한 신참내기 건물관리자인 그는 지하관리실의 최초 설계자인 구현성과 대립각을 이루는 인물이다. 물론 건물 관리에 애착과 자부심을 가지고 있고, 건물관리자들을 위한 책을 집필하는 그의 면면은 구현성의 과거 모습을 연상하게 하기도 한다.

하지만 윤정우에게 숫자로는 존재하지 않는 얇은 공간인 비밀관리실은 감시와 통제, 소설의 표현을 빌리면 "조종"의 매개가 아니다. 그곳은 '/'와 같이 "그저 사이에 있는 사람들"을 하나로 묶어주는 교감과 연대의 장소다. "그곳에서는 늘 바람이 불어왔다. 윤정우는 그 바람이 쓸쓸한 관리자들을 하나로 묶어준다고 생각했다." 처음부터 네오타운의 건물관리자들이 슬래시 매니저였던 것이 아니라, "암흑 속의 전투"를 기점으로 'SM'으로서의 정체성을 획득하지 않았던가. 바람을 의식하고 다시 그 바람으로부터 이어진 통로를 상기하는 마음은 서로가 공유하는 그날의 기억에 기반하고 있다. "건물관리자들을 위한 것"이라는 설계자 구현성이 표방하였으되 실천하지는 않았던 의도는, 네오타운을 지키기 위해 어둔 밤을 걸었던 이들에 의해 비밀리에 재발견되는 것이다.

4. 나가며 : 도시의 마술, 문학의 주문

「1F/B1」에서 네오타운의 홍망성쇠를 너듬어가고 있노라면, 「크랴샤」에서 운조빌딩이 있던 동네를 떠올리지 않을 수 없다. 「크랴샤」를 우리는 마지막 차례로 읽을 것이다. 「크랴샤」와 「C1+y＝:[8]:」「1F/B1」「냇가로 나와」를 보건대, 작가 김중혁이 물리적인 공간이 아니라 인간의 기억과 경험이 수놓아진 장소에 애착을 가지고 있다는 사실을 짐작하기란 어렵지 않다. 일련의 소설에서 김중혁에게 장소란 정체성을 형성하는 매개이거나, 대안적 문화의 토대이거나, 진한 교감이 오가는 인간적인 터이거나, 전설과도 같은 이야기의 산실이다. 그러나 작가는 다른 한편으로 그러한 장소들이 도시에서 거의 자취를 감추고 있으며, 그 흐름을 되돌리기 어렵다는 점을 예민하게 의식하고 있기도 하다. '나'가 초콜릿 씨앗을 주던 미술학원 건물은 지금도 그곳에 존재하고 있을까.(「크랴샤」) 천천의 자랑거리이자 명물이었던 백사장과 하마까 형님은 이제 어디로 갔을까.(「냇가로 나와」) 그 옛날 우리가 땅따먹기를 했던 공터는? 엄마 손을 잡고 갔던 시장은? 신간이 나오면 직행했던 책방은? 벗들과 취중진담을 나누던 주점은? 모두 다 어디로 사라진 것일까.

가령, 「C1+y＝:[8]:」를 쓰면서 김중혁이 골목길로 눈을 돌린 이유도 거기서 멀리에 있지는 않을 것이다. 도시에 이토록 많은 골목길이 존재한다는 사실에 놀란 이는 작중화자만은 아니지 않겠는가. 김중혁이 이 소설에서 한 일들 중 하나는 이제는 잊혀진 향수의 대상이나 재개발되어야 할 유물쯤으로 취급되는 골목길을 우리가 새롭게 인식하도록 만든 것이다. 스케이트보드와 낙서라는 김중혁다운 인장과 함께, 김중혁은 그 일을 한다. 그리고 이전까지의 김중혁이라면, 바로 거기까지가 소설의 일이다. 하지만 지금 김중혁은 조금 달라진 듯하다. '보드빈터'라는 경이로운 발견의 끝에, 작가는 각주를 덧붙여놓았다. 소설의 마지막 문장이 이러하다. "보드빈터는 그해 여름에 없어졌고, 나는 더이상 스케이트보드를 타지 않았다." 이 문장에 삼켜진 착잡한 애수를 어떻게 설명해야 할까.

「크라샤」에서 이강민이 찾아간 동네를 이제 우리도 함께 밟는다. 뉴타운 열풍 후, "좀비들이 한차례 휩쓸고 지나간 뒤 곧바로 뱀파이어들의 습격을 받은 마을"같이 된 그 동네는 네오타운의 더 먼 후일 같기도 하다. 마술과 마술 사이에서, 혹은 삶과 마술 사이에서 길을 잃은 이는 「크라샤」의 주인공 이강민이다. 그의 앞에는 두 가지 마술의 길이 있다. 먼저, 마술쇼 준비의 짝꿍이었던 다빈이 걸었던 프로페셔널의 길. 소설의 결말에서 이강민은 다빈의 마술에 대해 다음과 같이 진술한다. "사람들은 그의 마술을 통해 삶을 잊고 환각을 본다." 문제의 핵심은 이 문장에서 '삶'과 '환각'을 어떻게 바라보느냐에 있다. 시간을 좀더 앞으로 돌려보자.

공교롭게도 「크러셔」에서도 다빈이 멀리서 도시를 한눈에 조망하는 장면이 제시된다. 같은 시야에서 강민은 "저 속에 사람들이 있다"는 것을 의식하지만, 다빈은 그러지 못한다. 아니, 정확히 말해 그는 "불켜놓고 신나게 노는" 사람들만을 상상한다. "도시가 사라지는 마술"을 할 것이라는 그의 오랜 소망은 계급적 적대감의 표출이라기보다는, 실은 자신도 그런 사람이 되고 싶다는 상승 욕망에 가깝게 다가온다. 다시 말해, 다빈의 마술에서 '삶을 잊은 환각'이란 삶의 다양한 흔적을 소거한 채 오직 새로움과 화려함만을 남기는 것이다. 운조빌딩이 사라진 자리에 들어선 거대한 쇼핑몰을 이 도시가 부리는 마술이자 환각으로 읽게 되는 연유가 여기에 있다. 강민은 생각한다. "도시는 절대 낡지 않는다."

거기에는 정말 아무것도 없었다. 마술처럼 아무것도 없었다. 며칠 전까지만 해도 빌딩이 있던 자리는 어느새 평지가 되어 있었다. 보면서도 믿기지 않았다. 나는 바닥에 널려 있는 콘크리트 덩어리를 집어들었다. 건물의 가루들이었다. 잘게 부서진 콘크리트 덩어리들이 바닷가 모래처럼 빛을 받고 반짝였다. (……) 어떤 식의 마술이 펼쳐질지 알 것 같았다. 그 자리에 있던 건물이 사라졌다가 다시 나타나는 것이 아니라 건물을 없앤 다음 있는 것처럼 꾸몄다가 영원히 사라지게 하는 마술이 펼쳐질 것이었다. 그것은 마술일까. 마술이라고 해야 할까. 마술이다. 분명히 마술이다. 마술이지만, 나는 그걸 마술이라고 부를 수가 없었다. 소멸된 것들은 되살아날 수 없으며 찢어진 것들은 절대 다시 붙을 수 없다. 나는 운조빌딩이 있던 빈터에 서서 어디로 가야 할지 알 수 없었다. 길을 잃은 기분이었다.(271쪽)

이 도시의 마술의 맞은편에 이강민이 꿈꾸는 마술이 있다. 마술쇼의 마지막 리허설 날, 운조빌딩을 찾아간 그는 "커다란 상가 전체가 폐허"가 되어 있는 것을 목격하고 충격에 빠진다. 운조빌딩이 낡은 책상 같다고 생각했던 그는, 삶이 만드는 결에 이끌리고 시간이 축적된 흔적에서 아름다움을 발견하는 사람이다. 말하자면 그는 낡은 것들의 가치를 아는 사람이다. 세상의 모든 낡은 것들은 닮았고, 그 닮음 속에는 불현듯 상기하게 하는 힘이 깃들어 있다. 그 힘이 아니라면, 그가 운조빌딩에서, 과거 미술학원에서의 한 장면을, 그 속을 채우고 있던 "리어카와 녹슨 자전거를, 초콜릿 씨앗의 꿈을 다시 불러낼 수는 없었을 것이다. 그리고 서서히 낡아가다 종국에는 소멸하는 것들 중에서 사람을 빼놓을 수 없겠다. 죽은 어머니처럼, 또 늙어가는 자신처럼.

물론 강민은 "소멸된 것들은 되살아날 수 없으며 찢어진 것들은 절대 다시 붙을 수 없다"는 것을 분명히 안다. 알지만, 그러한 현실의 문법을 거스르는 것이 그에게는 마술이다. 그가 좋아하는 마술사는 사라졌다가 다시 나타나게 하는 배니싱 마술의 일인자 랜스 버튼이며, 폐목재를 분쇄해 다시 가구로 환생하게 하는 작업 역시 그에게는 "일종의 마술"이다. 그러니 거대한 쇼핑몰이 있는 자리에서 가끔 운조빌딩을 보는 것, 돌아가신 어머니가 문득 나타나는 것, 운전중에 사라진 다리가 눈앞에 보이는 것, 그 모두는 강민 자신은 '환각'이라 표현하고 있지만, 도시의 마술에 저항하는 기억의 마술이라 할 수 있지 않겠는가.

마침 작가는 바로 강민의 입을 빌려 다음과 같이 적고 있다. "크랴샤. 그 단어는 주문처럼 순식간에 모든 기억을 되살린다. 분쇄된 가루는 최후의 이름들이다." 크랴샤, 그것은 도시의 마술에 맞서 최후의 이름들을 기억하고자 하는 한 소설가의 주문이자 문학의 주문이리라.

나는 이 속된 도시가 좋다.
여기에서 살아갈 것이다.

20120612 김중혁

문학동네 소설집

일층, 지하 일층

ⓒ 김중혁 2012

1판 1쇄 │ 2012년 6월 14일
1판 9쇄 │ 2023년 12월 8일

지은이 김중혁
책임편집 조연주 │ 편집 황예인 백다흠
디자인 윤종윤 유현아 │ 저작권 박지영 형소진 최은진 서연주 오서영
마케팅 정민호 서지화 한민아 이민경 안남영 왕지경 황승현 김혜원 김하연 김예진
브랜딩 함유지 함근아 고보미 박민재 김희숙 박다솔 조다현 정승민 배진성
제작 강신은 김동욱 이순호 │ 제작처 영신사

펴낸곳 (주)문학동네 │ 펴낸이 김소영
출판등록 1993년 10월 22일 제2003-000045호
주소 10881 경기도 파주시 회동길 210
전자우편 editor@munhak.com │ 대표전화 031)955-8888 │ 팩스 031)955-8855
문의전화 031) 955-3576(마케팅) 031) 955-8864(편집)
문학동네카페 http://cafe.naver.com/mhdn
인스타그램 @munhakdongne │ 트위터 @munhakdongne
북클럽문학동네 http://bookclubmunhak.com

ISBN 978-89-546-1847-2 03810

www.munhak.com